Ты ведь снова придёшь, да?
時々ボソッと
ロシア語でデレる
隣のアーリャさん
Иногда Аля внезапно кокетничает по-русски
Summer Stories
5

（辛い……辛い、ですぅ……）

「あぁ、少し涼しいわね」

「夜寝る前に、カロリーを気にせず
お菓子とジュースを貪る。
これぞパジャマパーティーの
醍醐味です！」

目次

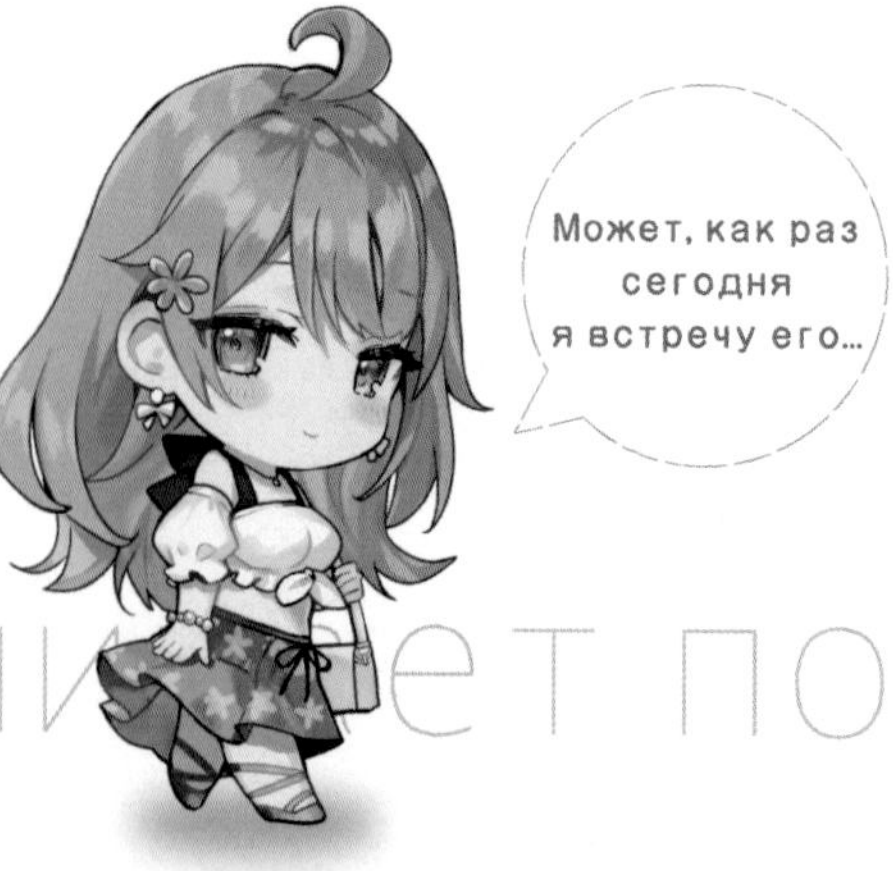

Может, как раз сегодня я встречу его...

時々ボソッとロシア語でデレる隣のアーリャさん4.5

Summer Stories

燦々SUN

角川スニーカー文庫

23272

Illustration：ゐゐり
Design Work：AFTERGLOW

第1話　薔薇と百合

「兄弟の再会は、どっちのパターンでもおいしいですよね！　ずっと互いを想い合ってる中、感動の再会を果たすのもいいですが、再会したら敵同士の立場だったというのもいいです！」

「そうですね。血を分けた兄弟というだけで、二人の関係性に大きなドラマが生まれますよね」

政近《まさちか》と有希《ゆき》が兄妹バレした後、沙也加《さやか》は遊園地のフードコートで、有希を相手に『生き別れの兄弟の良さ』について熱いトークを展開していた。その脇では綾乃《あやの》がひっそりとチュロスを食《は》んでいるが、二人共そんなことは一切気にせずにオタトークに熱中する。が、十分も経《た》つと、沙也加もだんだんと冷静になってきた。

「あ、すみません……わたしばかり話してしまって。その、わたしこういうことを話せる人が、今まで周りにいなくて……」

ずっと隠れオタしていた反動で、溜《た》め込んでいたものを一気に吐き出してしまったと恥じらう沙也加。落ち着かない様子で眼鏡を押し上げながら、もにょもにょと唇を動かし、肩を縮める。普段、真面目で毅然《きぜん》とした態度を滅多《めった》に崩さない沙也加のこんな姿は、有希もあまり見たことがなかった。

（くっ、萌《も》えるじゃねぇか）

内心そんな感想を漏らしながらも、それをおくびにも出さずに、有希は優しい笑みを浮かべる。

「大丈夫ですよ。わたくしも気持ちは分かりますから」

「……そうですか？　ありがとうございます」

少し気まずそうな笑みを浮かべてお礼を言う沙也加だったが、しかしまだ内心では「やらかしてしまった」と思っていた。

世の多くの隠れオタは、自身のオタバレを激しく警戒する。それは、仮に相手が同胞《隠れオタ》だと判明したとしても変わることはない。そう、隠れオタは「自分のオタク趣味」＝「引かれるもの」という意識が強くあるせいで、たとえ同胞相手でも、「相手よりもディープなオタクであってはならない」という謎の強迫観念を抱いてしまうのだ。そして厄介なことに、「隠していることを相手に気取られてはならない」という意識もまた同時に存在する。それは同好の士に、自分の趣味に後ろめたさを感じているなどと知られてはいけない。それは同時に、相手の趣味をも否定することになるからだ。

今まで自分の趣味を隠しに隠してきた沙也加にとって、そして有希にとっても、それは共通する思いであった。その結果、何が行われるか。

「……」

「……」

それは、相手のオタ度を見極めるための腹の探り合いである。互いに口元にだけうっすらとした笑みを浮かべたまま、無言で視線を絡ませる沙也加と有希。無言でチュロスを短くする綾乃。

対峙《たいじ》する二人の間で、ゆっくりと緊張感が高まる中……真っ先に口火を切ったのは、沙也加だった。

「……ところで周防《すおう》さん。今期のアニメは何をご覧になってますか？」

サラリと放たれた、先手必勝の一撃。さりげない話題作りに見せかけて、相手に一方的にオタ度の開示を迫る悪魔的な一手。観ているアニメの本数で相手のオタ度を測り、かつその内容で相手の好みを分析する。ファンタジーが好きなのか、ラブコメが好きなのか、日常モノが好きなのか……はたまた地上波ギリギリのエログロまでイケる人なのか。

この何気ない一言で、沙也加は膨大な情報をノーリスクで手に出来るのだ。これが谷山《たにやま》沙也加。これまで討論会で、その巧みな弁舌でもって数多《あまた》のライバルを葬って来た才媛の実力である。

口元に会心の笑みを浮かべる沙也加。感情の読めない笑みを浮かべる有希。チュロスの紙を畳む綾乃。

「えぇっと、そうですね。今期は――」

沙也加の第一手に応じて、有希が口を開く。無論、沙也加とてこれで勝負が決まるとは思っていない。何作品か無難なタイトルを挙げて、「沙也加さんはどうですか？」という質問《反撃》が来ることは予想している。

だが、問題はない。なぜなら沙也加には、「同じですね。その作品はわたしも観ています」という必殺の返しがあるからだ。

（この駆け引きにおける一番の安全策は、相手の背後にピッタリと付けてその回答をトレースすること。先手を取った時点で、わたしに負けは存在しないのですよ）

自らの圧倒的優位を確信し、沙也加は悠々と有希の回答を待つ。が……

「まず、ブレハザとあのユメは必修ですよね。前評判ではブレハザが今期の覇権と言われてましたが、あのユメは一話から完璧過ぎて一気に覇権候補に躍り出た感があります。あと、レンスクと異世界トンネルは安定の完成度。個人的にダークホースだと思ったのはハメゾンですかね。原作の過激表現がアニメではどうなるのかと思ってましたが、これが予想以上の再現度で。それに、ガンバルオンは二期でも勢い衰えずって感じですしそれから……」

「!?」

この状況で有希が取ったのは、まさかのノーガード戦法。駆け引きなどガン無視した、全開示であった。ファンタジーからラブコメ、泣きアニメからロボットアニメ、果てはエログロダークファンタジーまで。怒涛《どとう》のような勢いで開示される情報に、沙也加は眼鏡の奥で目を白黒させる。

混乱する沙也加。ひっそりとほくそ笑む有希。三本目を買いに行く綾乃。

「それで、沙也加さんはどうですか？」

「え、っと……」

放たれる、予想通りの質問。しかし、その前の展開が予想外過ぎてとっさに答えを返せない。こうなっては、必殺「同じですね。その作品はわたしも観ています」も使えない。なぜなら、有希が挙げた作品の中には、沙也加が観ていない作品もいくつか含まれていたから。しかし、それを正直に言ってしまっていいものか。それは、遠回しに相手の趣味を否定することになってしまうのではないか。

動揺しながらも悩む沙也加の前で……変わらず笑みを湛《たた》えた有希が、ぼそりと呟《つぶや》く。

「零番《ゼロ》……」

最初は、どういうことかと思った。およそ何の脈絡もない意味不明な……それでいて胸の奥をくすぐる単語に、沙也加はピクリと肩を揺らす。そこへ、更に有希の追撃が。

「白い闇……」

「！」

「力の対価……」

「!!」

連続して放たれるステキな単語に、自然と沙也加の体が反応してしまう。それを見て、有希は小さく笑みを漏らすと、冗談めかした口調で言った。

「初期の厨二病ですね。早めの治療をお勧めしますよ」

「なん……！」

〝厨二病〟という、オタクの中でも忌避する者が多い病名に、沙也加は反射的に反論しようとする。しかし、有希が口にした単語に少しわくわくしてしまったのも事実で……口ごもる沙也加に、ますます笑みを深めた有希が語り掛ける。

「変に駆け引きするのはやめにしませんか？　もう気付いていらっしゃるでしょうが、オタク度で言えば間違いなくわたくしの方が上ですから。沙也加さんも、隠す必要はございませんよ？」

「！」

自分のディープさを包み隠さず開示した上で、恥じらいや遠慮を捨てるよう求めてくる有希。それは、沙也加にとって願ってもない提案だった。だった、はずなのだが……その提案に沙也加が感じたのは、安堵《あんど》ではなく、対抗心であった。

「ふ、ふふ……そうでしょうか？　たしかに、触れてる作品数で言えば負けるかもしれませんが……それぞれの作品への愛では、負けるつもりはありませんよ？」

ゆっくりと眼鏡を押し上げながら、不敵な笑みを浮かべる沙也加。それに対して、今度は有希が悠然とした笑みを浮かべる。そして、舌戦が始まった。

「先週のブレハザ、ラストの声優さんの演技力が神懸ってましたよね。あの声優さんはガンデロでも素晴らしい演技を──」

「それを言うなら、わたしはむしろ敵役の声優さんが──」

「あぁそうそう、先々週のあのユメの、エンディングの特殊演出には気付かれましたか？　途中に今までにはなかった意味深な──」

「当然でしょう？　オープニングとエンディングを飛ばすなんて、そんな無粋な真似《まね》はしませんから。わたしが思うにあれは──」

　先程までとは真逆の構図で、今度は打って変わってどちらがよりオタ度が高いかを競い合う二人。学園での落ち着き払った姿はどこへやら。そこにいるのは、二人のただのオタクであった。そのまま二十分ほど舌戦を繰り広げたところで、不意に有希が口を閉じる。

「ちょっと失礼しますね」

　そして、一言断りを入れながら、ポケットからスマホを取り出した。振動するスマホの画面を見て、有希はピクリと眉を動かす。

「すみません、少し中座させていただきます」

　そう言って席を立つと、有希はスマホを耳に当てながら離れて行った。どうやら、緊急の電話が掛かって来たらしい。

「……」

「……」

　すると、その場に残されるのは沙也加と綾乃。無言で綾乃に目を向ける沙也加。視線を受け、モモモモモッと一気に四本目を口の中に送り込む綾乃。

「あの、そんなに急がなくても大丈夫ですよ？」

そう気遣う沙也加だったが、綾乃はまるでチュロスから口を離したら死ぬ呪いにでも掛かっているかのような勢いで、残らずチュロスを口に収めた。更にミルクティーで水分を追加すると、口の中に詰め込んだチュロスを一息に飲み下す。

「っ！　……」

そして、何事もなかったかのように居住まいを正すと、真っ直ぐに沙也加を見つめた。その視線に少したじろぎながらも、沙也加は軽く咳払《せきばら》いして自らも居住まいを正す。

「改めまして、君嶋《きみしま》さん。今更ですが、わたしは谷山沙也加。同級生ではありますが、今まであまりお話ししたことはありませんよね？」

「そうですね。こうして顔を合わせて言葉を交わすのは初めてかと」

「そうですよね……それでえっと、君嶋さんは、周防さんの付き人、と伺っておりますが……？」

「付き人……そうですね。あっ」

そこでふと何かを思い出したように視線を上向けると、綾乃はゆっくりと立ち上がった。そして、突然右手で顔半分を覆い、両腕を交差させて何やら香ばしいポーズを取ると、繰り返し瞬《まばた》きする沙也加に向かってキメ顔（無表情）で告げる。

「幼馴染《おさななじ》みと書いて、メイドと読みます。君嶋綾乃」

決まった。ものの見事に決まった。

あまりにも見事な綾乃の名乗りに、沙也加は口をポカンと開けて固まってしまった。これまた非常にレアな表情を晒《さら》す沙也加の前で、綾乃は無表情のまま更にポーズを変えると、棒読み気味に続ける。

「幼馴染み《負けヒロイン》とは世を忍ぶ仮の姿。政近様は、我ら真サブヒロインが守ります」

夏の日差しをバックにズビシーッとポーズを決めると、綾乃はそこはかとなくやり切った感を漂わせながらストンと椅子に腰を下ろした。そして、沙也加に向かってペコンと頭を下げる。

「……申し訳ありません。本来であれば、有希様が先に『幼馴染みと書いて実妹《いもうと》と読む！　周防有希！』と名乗りを上げられるのですが」

「……え？　え、やるんですか？　周防さんが？　今のを⁉」

「？　はい。これが正体を明かす際の、正式なやり方であると」

「……」

全く疑う様子もなければ恥じ入った様子もない綾乃に、沙也加は静かに戦慄した。初期の厨二病でしかない自分では、太刀打ち出来る未来が見えなかったのだ。

（な、なんて先制攻撃……相手のメンタルに揺さぶりを掛けつつ、一気に会話の主導権を奪うなんて）

病魔を刺激されてしくしくと痛む胸を押さえつつ、沙也加はグッと唇を噛《か》み締《し》める。そして、悠然とこちらの出方を見守っている（ように見える）綾乃に、挑みかかるように問い掛けた。

「それで、周防さんの付き人……メイド？　である君嶋さんから見て、普段の周防さんと久世《くぜ》さんはどのような関係なのですか？」

「……」

沙也加の質問に、綾乃はその真意を探るようにじっと沙也加を見つめ返す。

沙也加が選挙戦における有希の仮想敵であると見なした上で、どう答えるべきか考えているのだろう。

だが、実際のところその思考には何の意味もなかった。

なぜなら、この質問は選挙戦とは何の関係もなく……ただの、沙也加の個人的な興味だったからだ。

かつての沙也加にとって政近と有希は、最高のライバルであった。そこに暗い敵愾心《てきがいしん》などは一切なく、あるのは互いに認め合っているという、ある種の信頼感だった。そして、選挙戦で敗北したことをきっかけに、それは純粋な尊敬へと変わった。

この際はっきり言ってしまうと、ファンだった。

あの二人のことをこの上なく理想のペアだと思っていたし、「早《は》よ結婚しろ。いや、ゆっくりでもいいので幸せな結婚をしてくださいお願いします」とすら思っていた。もし二人の仲を邪魔する輩《やから》が現れれば、ファン代表として全力で排除する所存であった。

そんな沙也加に、「二人は兄妹であり、結婚は出来ない」という情報がどう受け止められたかというと……

（全然あり。むしろ最高においしい）

……であった。となれば、

（聞きたい……二人の仲良し兄妹エピソード！）

一ファンとして、この機会を逃す手はなかった。しかし、綾乃もおいそれと情報を漏らしたりはしない。

「……わたくしは従者です。主の情報をみだりに明かすわけには参りません」

沙也加の思惑がどうあれ、当然こうなる。だが、その程度のことは沙也加も予想の範囲内だった。

「あら、そうですか。では、他の人に訊《き》くことにしますね？」

「……他の人？」

首を傾げる綾乃に、沙也加は飲み物を口にしながら淡々と続ける。

「君嶋さんから話を伺えないのであれば、他の人に訊くしかないでしょう？　周防さんや久世さんに近しい人を当たれば、誰か一人くらいは二人が兄妹であると知っている人がいそうですし。それこそ……九条《くじょう》、アリサさんとか？」

それは、「話さないならあの二人が兄妹であることをバラすぞ」という遠回しな脅しであり、揺さぶりでもあった。が、素直な綾乃はそのことに気付けない。

「それは……困ります」

だからこそ、正直にそう言ってしまう。その正直過ぎる発言が、相手に情報を与えてしまうとも思わずに。

（なるほど、周りの人間にも二人が兄妹であることは秘密。九条さんもそのことは知らない、と）

これが有希や政近であったなら、そう易々《やすやす》と隙を見せなかっただろう。

「それは困る」なんて発言は、そこが自分の弱点だと教えているも同然なのだから。あの二人であれば、言葉巧みに躱《かわ》すか、逆に脅しを掛けて牽制《けんせい》するくらいはしたはずだった。

（最初こそ驚かされましたが……ペースさえ奪われなければ、御しやすい相手ですね）

内心そう評価を下しつつ、沙也加は容赦なく詰めに入る。

繰り返し言うが、ただのファンとして尊《トウ》ニウム《ト》を摂取したいだけである。沙也加は、アイドルオタクのケがあった。

「では、教えていただけますか？　別に、周防さんや久世さんのプライベートを暴き立てるつもりはありません。ただ、あの二人が普段どのように過ごしているのか、気になっただけですから」

「……」

内心推しうちわを両手に目をギラギラさせながら、表面上は淡々と問い掛ける沙也加。

そして、なおも沈黙する綾乃に、少し語気をゆるめる。

「では、今日のことでも大丈夫です。わたし達と会う前は、あの二人はどんなことをしていましたか？」

「……」

沙也加が見せた譲歩に、綾乃は視線を巡らせ……数度口を開け閉めした後、観念したように視線を伏せた。勝利を確信し、沙也加は口元に笑みを浮かべると、内心推しうちわを全力で振る体勢に入り――

「ベッド下から出られなくなってしまった有希様を……政近様が引っ張り出していました」

「なんて？」

真顔になった。心の中のミニ沙也加も、うちわを両手にポカーン。半ば反射的に訊き返し、真顔のまま、混乱する頭で綾乃の言葉を咀嚼《そしゃく》する。

(ベッドの、下？　どういう状況？　というか、そういうことを聞きたいんじゃなくて……あ、偽情報？　わたしを混乱させるための？)

そこに思い至り、沙也加は思考を立て直す。同時に、先程抱いた「御しやすい」という評価を一旦捨て、改めて綾乃と向き直り……

「有希様がミノムシのようになっておられたので、とても難儀しました」

「だからなんて⁇」

沙也加の脳内にミノムシ姿になっている有希が浮かび上がり、即座に？マークに塗り潰される。

「綾乃？　冗談はほどほどにね？　沙也加さんも、あまり綾乃をいじめないでくださいね？」

そこへ、有希が戻って来た。

それまでの会話の流れは聞いていないはずだが、まるで全て聞いていたかのようにサラリと沙也加に釘《くぎ》を刺す。それに対して、沙也加もすぐに澄ました笑顔で応じた。

「あら、少しお話しさせてもらっていただけですよ？　多少前のめりにはなってしまったかもしれませんけれど」

「そうですか？　いつもクールな沙也加さんが前のめりになるなんて、珍しいですね。一体どんなお話をしていたのでしょう？」

「周防さんと久世さんが、本当に兄妹なのかを確認していただけですよ。どうしても、まだ上手《うま》く呑《の》み込めていないところがありますので」

「ああ、そういうことですか。まあ、信じていただけないのでしたらそれで結構ですよ？どちらにしろ、表向きは幼馴染みで通していることですし」

元々選挙戦のライバルだったからなのか、それとも単純に相性の問題なのか。口を開けばなんだか、自然と腹の探り合いみたいになってしまう二人。お互いに迂遠《うえん》な言い方で自分の真意をぼかしつつ、相手から情報を抜こうと言葉を交わす。

しかし、そんな駆け引きはまたしても有希の一言で終わることとなった。

「ところで、沙也加さんはＢＬはイケるクチですか？」

唐突な話題変更に、沙也加はピクリと片眉を跳ね上げ、椅子に深く腰掛けるとゆっくりと眼鏡を押し上げる。

「周防さん……この世界には、二種類の女性しかいません」

「？　それは？」

そして、眼鏡のレンズを妖しく光らせながら、静かに断言した。

「ＢＬが好きな女性と、ＢＬを知らない女性です」

「なるほど。至言ですね」

二人は互いに不敵な視線を交わし、腐《フ》ッと笑みを漏らす。沙也加が言うところのＢＬを知らない女性である綾乃が、急に漂い始めた腐臭に目を瞬かせつつ、特に気にせず五本目を買いに行った。沙也加もまた、そんなことは気にせず、考え深げに顎に手を添える。

「そうそう、そう言えば先週のブレハザで、カイトがナクーシャの告白を断ったじゃないですか」

「ああ、ありましたね」

「あれって絶対ゲルガーと付き合ってるからですよね」

「なるほど」

世のブレハザ視聴者の大半が「んなわけねーだろ！」とツッコむであろう邪推で、なぜか通じ合う二人。同意を得たことに調子をよくしたのか、沙也加は立て続けにそう思う根拠について語る。

「二話の冒頭で、夢を語るカイトを見守るゲルガーの優しい目を見て、わたしは確信しました」

邪推である。

「そもそも使ってる武器を同じ一頭のドラゴンから作ってるって時点で、明らかに匂わせてますし」

紛《まが》うことなき邪推である。

「砂漠での戦いで『後ろは任せるぜ！』って、あれ遠回しなプロポーズですよね⁉」

妄想力逞《たくま》しいにも程がある。

「……なるほど！」

有希ですらもう、そう頷《うなず》くことしか出来なくなっている。

BL作品を嗜《たしな》むことはあれどBL妄想をすることはない有希では、そろそろ付いていけなくなってきていた。

そもそも、有希はふざけて腐女子のフリをしてるだけで、実際は薔薇《ばら》より百合《ゆり》の方が好きだったりするのだが、沙也加は止まらない。

「やっぱり一番萌《も》えるシチュは、幼馴染みが嫉妬して暴走しちゃうシチュなんですよね。ずっと一番の親友ポジで我慢していた健気《けなげ》系幼馴染《おさななじ》みが、嫉妬から強引に主人公を襲っちゃうところとか最高にキュンキュンします」

およそ風紀委員とは思えないその発言に、有希は若干遠い目になる。遠い目になって……向こうからこちらに歩いて来る政近と乃々亜《ののあ》の姿を発見し、急速に現実に引き戻された。

(やっべぇえ――――!!)

目の前には腐臭をまき散らす沙也加の姿。とても、知り合いにお見せ出来る姿ではない。

最初の方はオタバレ警戒してたっぽいのに、今は完全にタガが外れていた。

「そして勢いで手を出してしまった後は、もう開き直って執着を剝《む》き出しにして……なんでしょうね、男女では許されなくても、男同士だったら許されちゃうあの感じ」

「そ、うですね。少女漫画とかだと、いくら健気な幼馴染みでも主人公を襲っちゃうのはちょっと……」

どこか陶然とした表情で語る沙也加に、有希がとっさに軌道修正を図る。すると、沙也加は一転して沈鬱な表情を浮かべた。

「そうなんですよね……しかも、大体が押し倒したところで主人公の怯《おび》えた顔を見て我に返り、それっきり距離を取ってしまうってパターンが多いですし……みんな、優し過ぎるんですよ！　ずっと好きだったのに、それゆえに主人公の幸せを願って身を引いて……じゃあ、あなたは？　あなたの幸せはどうなるんですか！」

「……ま、大体は『〇〇ちゃんの幸せが僕の幸せだから……』って結論に至りますよね」

「それはただの妥協です！　自分に嘘を吐いてるだけです！　大体、主人公も主人公なんですよ。明らかにいろいろとめんどくさいイケメンより、ずっと一途《いちず》に大切にしてくれる幼馴染みと一緒になった方が、絶対に幸せになれるのに！」

物凄《ものすご》い勢いでそう力説すると、沙也加はテーブルに置いた両手をグッと握り締めながら、腹から絞り出すように叫ぶ。

「ホッントに、何度も何度も公式に推しカプを否定され続け……わたしの気持ちが分かりますか⁉」

「え、ええ……まあ幼馴染み純愛推しであれば、そうなりますよね……」

「なんで誰も彼も、ポッと出の転校生や会ったばかりのクラスメートに心惹《ひ》かれるんですか！　そんなどこの馬の骨とも分からない輩よりも幼馴染みを！　ずっと主人公を見守り続けてきた幼馴染みを！　幸せにしてあげて欲しいのですよ‼」

「あ、あはは……」

乾いた笑みを浮かべながら、有希はチラリとなんとも言えない表情で沙也加の方を見ている政近の方を見て、ドッと背中に汗を掻《か》いた。

（つっつぶねぇ――――‼）

ギリギリでセーフな内容に話題を変えられたことに、密《ひそ》かに胸をなでおろす有希。そして、沙也加に二人の帰還を知らせるためにも、遠い目をしている兄にツッコミを入れる。

「どの口が言うのですか？　お兄様」

「心を読むな」

何気なく繰り広げられたその会話。その、「お兄様」の部分が、沙也加の脳内でリフレインする。

『お兄様！』

一面に広がるシロツメクサの花畑の中で、花冠を手に政近を呼ぶ幼い有希。

『お兄様ぁ』

雷に怯え、ぬいぐるみを抱きながら涙目で政近を呼ぶ小さな有希。

『もう、お兄様！』

少し咎《とが》めるような表情で、政近のネクタイを直してあげる成長した有希。

兄妹二人のありとあらゆる美しいシーンが、沙也加の鍛え抜かれた妄想力によって一瞬で脳内再生された！

「ふむッ」

危うく鼻から尊さが漏れそうになり、沙也加は慌てて手で鼻を押さえて、尊ニウムの流出を防ぐ。

「お、お兄様呼び……尊い……」

したら、口から漏れた。不意打ちの兄妹仲睦まじいやりとりに、完全に許容量をオーバーしてしまったらしい。

「……お前、マジでオタクだったんだな」

その政近の呆《あき》れを含んだ声に、沙也加はハッと我に返った。またしてもやらかしてしまったことを自覚し、いささか以上に手遅れではあったものの、なんとか取り澄ました表情を作ると席を立つ。

「すみません、だいぶ時間を取らせてしまいましたね」

「いいえ、わたくしも楽しかったので」

「そう、ですか？　でしたらよかったですけど……久世さんもすみません、いきなり突っかかってしまって」

「ああいや、お前のおかげで、脇が甘かったたってことに気付けたしさ……ただ、このことは……」

なんとも言えない顔をしながら言葉を濁す政近に、沙也加は正確にその意図を汲《く》んで頷いた。

「ええ、お二人が兄妹であることは、わたしの胸に留《とど》めておきます。乃々亜も、それでいいですよね？」

「ん？　まあ、いいけど？」

「そういうことです。では、お邪魔しました。わたし達はこれで」

「ん、お、そうか。じゃあまた」

「楽しかったです。よい夏休みを」

「また、新学期にお会いしましょう」

「おぉ〜んじゃね〜」

あいさつを交わすと、沙也加は乃々亜と共にそそくさとその場を後にする。そして、政近や有希の視界から完全に外れたところで、両手で顔を覆ってしゃがみ込んだ。

「やらかしたわ……」

「おおぅ、どしたんさやっち。大丈夫？」

「あまり、大丈夫じゃないかも……あぁ、周防さんが同志だってことが嬉《うれ》し過ぎて、羽目を外し過ぎたわ……」

後悔に満ちた声を漏らしながらも、有希と政近のやりとりを思い出すと自然と笑みが漏れてしまう。

「でも、尊かった……」

「あぁ～……そ」

「ありがとうございます……これであと一カ月は頑張れます……」

「どういう理屈？」

乃々亜の反応に困ったような問い掛けに、しゃがんだまま両手を合わせていた沙也加はカッと目を見開いた。

「萌《も》えは日々の生活に彩りをもたらし、尊さは生きる活力をもたらすのよ！」

「……めっちゃ分かるぅ～」

棒読みであからさまに受け流す乃々亜に構わず、沙也加は遠い目でどこかを見つめる。

「血の繋《つな》がった、仲のいい兄弟を見ることでしか、摂取できない尊さがあるのよ……」

「分かりみぃ～」

スマホをいじりながらそう言ってから、乃々亜はふと顔を上げた。

「……もしかして、ちょくちょくうちに来たがるのもそれが理由？」

「う……」

サッと視線を逸《そ》らす沙也加。その後頭部に半眼を向ける乃々亜。十数秒間の沈黙の後、どこか気まずそうな声で沙也加がぽつぽつと呟《つぶや》く。

「……玲亜《れあ》ちゃんと、烈音《れお》くんも、仲良くって微笑ましいわよね」

「？　仲、いいかなぁ？」

「双子というだけで尊いから！」

乃々亜が首を傾げた瞬間、沙也加がギュリンッと振り向き力説。これには乃々亜も、軽くのけ反りながら「そっか」と言うしかなかった。

「いがみ合いながらも、その裏にしっかりと感じられる互いへの愛情。確かな信頼感。それが尊いのよ……」

「そっかぁ……それはそうと、そろそろ立った方がいいんじゃない？　なんか見られてるから」

「あ……んんッ」

そこでようやく、沙也加は園内でしゃがみ込んでいる自分が周囲の視線を集めていることに気付き、咳払《せきばら》いをしながら立ち上がる。そして、気まずそうな顔で言った。

「あの、勘違いしないで欲しいのだけど……別に玲亜ちゃんと烈音くんに会うためだけに、ののちゃんの家に行ってるわけじゃないのよ？」

「分かってるって……アタシと玲亜が仲良くしてるとこを見たいんでしょ〜？」

「も、もう、違うわよ……分かってって言ってるんでしょ？」

意地悪を咎めるような目をする沙也加に、乃々亜はニヤーッとした笑みを向ける。

「んん〜？　どうかな〜？　さやっちの口から聞きたいなぁ〜」

「もうっ、知りません！」

そう言ってプイッとそっぽを向くと、沙也加は乃々亜を置いてスタスタと歩き始めた。が、ニヤニヤとした顔のままその場を動かない乃々亜に、数歩進んだところで振り向くと、むずかるように声を上げる。

「もぉ〜ののちゃん！　意地悪しないで！」

「アッハ、ごめんごめん」

途端、乃々亜はニコッとした笑みを浮かべて駆け寄ると、するりと沙也加の腕に自分の腕を絡ませた。そして、拗《す》ねたように顔を背ける沙也加に、少し真面目な声で問い掛ける。

「でもさぁ〜、くぜっち達と別れてよかったん？　一緒に遊ぶって選択肢もあったと思うけど？」

乃々亜の質問に、沙也加はチラリと視線を寄越《よこ》してから、前を向いて冷静な声を出した。

「それは本格的にお邪魔でしょう。わたし達は、そこまであの三人と仲がいいわけではないし」

「あ～ね……でもさ、だったらこれを機会に仲良くなるって手もありじゃん？　もう対立候補ってわけじゃないんだし」

「……それも、やめておいた方がいいでしょう。対立候補とまでは行かずとも、それに準ずる立場ではあるから」

「まあ、ね」

オタクフルスロットルしてた状態から一転して、沙也加は冷静に、淡々と語る。すっかりいつもの調子に戻った様子の沙也加。オタクと癇癪《かんしゃく》さえ出なければ、沙也加は非常に理知的な少女なのだ。

「それにそもそも、わたしはあの二人と仲良くなりたいわけではないもの」

「あれ、そうなの？」

「ええ、わたしはただ、あの二人の尊いやりとりを一観客として、鑑賞したいだけだから」

……理知的な、少女なのだ。いや、本当に。乃々亜が隣で「真面目な顔して何言ってんだ」という風に目を細めているが、本当にそうなのだ。

「それに、元々今日はののちゃんと遊びに来たんだもの。それ以上に優先することなんてないわ」

肩を竦《すく》めながら、何気ない調子で沙也加はそう言った。それに、乃々亜は目を見開き……へらりと笑う。

「さやっちも大概アタシのこと好きだよね～」

「もう……当然でしょう？　親友、なのだから」

「そっかそっかぁ、アタシもさやっちのこと好きだよ～？」

にへら～っと笑いながら、沙也加に体を密着させる乃々亜。それに少し眉を下げながらも、沙也加は特に抵抗せず。そのまましばらく歩いてから、沙也加は気を取り直すようにフゥッと息を吐くと、周囲に視線を巡らせた。

「さて、次はどこに──」

と、そこで、

「ふふふ、なかなか怖かったですね～お兄様？」

「どこがだ。めっちゃ楽しんでたろお前」

「いえいえそんなことは。お兄様の腕が頼もしかったですわ～？」

ジト目をした政近と、その腕に抱き着きながら怪しいお嬢様言葉をしゃべる有希。ついでに綾乃。

ちょうどお化け屋敷から出て来た三人組と、鉢合わせた。予期せぬ遭遇第二弾。

今度は同時に互いの姿に気付き、同時に立ち止まる。

漂うなんとも言えない空気。

その中で、沙也加はゆっくりと眼鏡のブリッジを押し上げると、理知的な表情を保ったまま一言。

「続けてください」

その沙也加の鼻から、つぅっと尊さ《鼻血》が漏れるのだった。

第2話　姫と神

「おねぇ！　髪の毛セットして！」

「んん～？」

夏休みのある日、乃々亜《ののあ》が自室でくつろいでいると、部屋のドアが勢いよく開け放たれた。飛び込んで来たのは、焦げ茶色の髪をした少し吊《つ》り目の、気の強そうな美少女。乃々亜の二つ下の妹、宮前《みやまえ》玲亜《れあ》だ。

ノックもなしに入って来た妹に、ベッドでスマホをいじっていた乃々亜がチロリと半眼を向ける。

「玲亜……ノックは――」

「そんなんいいから！　ね、お願い！」

「……はいはい」

顔の前で両手を合わせて可愛くおねだりされ、乃々亜は寝転がっていたベッドからのそっと体を起こした。そして、妹をドレッサーの前に座らせると、ヘアアイロンの電源プラグをコンセントに挿す。

「……で？　今日はどんな感じ？」

「んっとね、先週の撮影でおねぇがやってた感じので！」

「りょ～」

記憶を探りながら妹の髪にブラシを通していると、開けっ放しになったドアから少しやんちゃそうな少年が顔を出した。

「おい、早くしろよ。間に合わなくなるだろ？」

「うっさい、女を急《せ》かすんじゃないわよ。モテないわよ？」

「は？　モテてるし」

苛立《いらだ》ち混じりにそう言って片眉を上げたのは、玲亜の双子の弟である宮前烈音《れお》。玲亜によく似た美少年で、やる人によっては失笑しか招かないであろうモテる発言も、彼がやれば何の違和感もない。実際、玲亜と一緒に双子のジュニアモデルとして活躍していることもあり、烈音は非常によくモテた。もっとも、それはこの兄妹三人全員に共通することだが。

「今日はモデル仲間と遊び～？」

「うん、この前の撮影で知り合った人達とね～～あっ、おねぇも来る？」

「ん～？　今日は予定あるから無理」

「そっか～じゃあ、今日もあたしの一人勝ちかな～？」

乃々亜に髪をセットされながら、玲亜が小悪魔的な笑みを浮かべる。ドレッサーの鏡に映ったその表情を見て、ドア枠に寄りかかった烈音が露骨に顔をしかめた。

「このビッチが」

「ハァ〜？　しょっちゅうとっかえひっかえしてるアンタには言われたくないんですけど〜？」

「オレは向こうから寄ってくるだけで、オマエみたいに誰彼構わず誘惑してねぇっつの」

鏡越しに睨《にら》み合いながら、互いに悪口を言い合う姉弟。その二人を鏡を通して見ながら、乃々亜がどうでもよさそうに口を開く。

「ま、二人共ほどほどにね。ママに言われてるでしょ？　ほら――」

「はいはい、分かってるって。安心して？　最後の一線は守ってるし。そもそもあたしぃ、イケメンってタイプじゃないし〜？　自分に自信がある男って、な〜んか鼻についてイヤなんだよね〜」

「だったら誘惑すんなよ」

「それはそれ。イケメンにちやほやされるって気持ちぃ〜じゃん」

「チッ」

嫌そうに舌打ちした烈音だったが、乃々亜に鏡越しに目を向けられると、少し後ろめたそうに視線を逸らした。

「先に玄関行っとくぞ」

そして、ドア枠から体を離すと、くるりと踵《きびす》を返す。その背に、乃々亜が声を掛けた。

「ハンカチとティッシュは持った？」

「うっせぇなぁ、持ってるよ。子供扱いすんなよねぇちゃん」

「？　子供扱いなんてしてないし。弟扱いしてるだけだけど？」

「意味分かんねーし」

姉の反論にそう吐き捨てると、烈音は早歩きで去ってしまう。

「……あれが反抗期ってやつかな？」

「じゃないの～？　まったく、ガキなんだから」

そう鼻を鳴らす玲亜も、年齢自体は烈音と全く同じなのだが。乃々亜はそこにツッコむことなく、ヘアアイロンを置くと、一歩引いて玲亜の髪の仕上がりを確認した。

「こんな感じでど？」

「ん、ありがとおねぇ！　じゃあ、行ってくるね～」

「ん～」

コケティッシュな笑みを浮かべて部屋を出て行く妹を見送り、乃々亜はチラリと部屋の時計に目を向ける。

「……アタシも、そろそろ準備しよっかな」

そう独り言《ひとご》つと、乃々亜は今まで玲亜が座っていた椅子に座り、ヘアアイロンで髪を真っ直ぐにし、肩から流すように三つ編みにした。

続いて横幅三メートルはあるクローゼットを開けると、そこにはズラッと吊り下げられた、総額いくらになるのか想像もつかないブランド服の数々。それらには一切目もくれず、乃々亜は床に積まれた衣装ケースから、地味なブラウスとスカートを引っ張り出す。そして、別の衣装ケースからこれまた飾り気のないバッグと帽子、黒縁眼鏡を取り出すと、それらのアイテムを身に着け始めた。

「……ま、こんな感じかな？」

そうして出来上がったのは、さながら芸能人のお忍びスタイルのようなコーディネート。素で目立ち過ぎてしまうその容姿の煌《きら》びやかさが抑えられ、どことなく清楚《せいそ》さすら漂っていた。

鏡の前でそれらを確認し、軽く表情の練習をしてから、乃々亜は家を出る。目指す場所は駅裏手の少し奥まったところにあるカラオケ店。正直あまり綺麗《きれい》ではないし煙草《たばこ》の臭いもするが、監視カメラがなく店員の見回りもほとんどないため、不良やお金のないカップルによく使われている店だった。

「う、えっ、う……」

「？」

店を目指して入り組んだ裏路地を歩いていると、何やら小さな嗚咽《おえつ》が聞こえてきて、乃々亜は視線を動かす。

すると、曲がり角から五歳か六歳くらいに見える男の子がふらふらと姿を現した。どうやら迷子のようで、涙で顔をくしゃくしゃにしながら、あてどなく彷徨《さまよ》っている様子だった。

「ふっ、うぅ～……」

「……」

あまり治安がいいとは言えない場所を、泣きながら彷徨い歩《ある》く少年。乃々亜はそちらを一瞥《いちべつ》し……特に気にした様子もなくスルーした。別に先を急いでいるというわけではないが、この少年をわざわざ助ける必要性も感じなかったのだ。

世間一般に「小さい子供には優しくするべき」という考えが浸透していることは知っているし、もし周囲に知人がいれば、周りに合わせて乃々亜もそうしたかもしれない。だが、今この場に乃々亜の知人はいない。それに何より、両親にも「弟と妹には優しくしなさい」とは言われているが、「子供には優しくしなさい」とは言われていない。ならば、乃々亜に迷子を助ける理由はなかった。子供の泣き声に動かされる良心？　そんなものは最初から備わっていない。生《う》まれた時《とき》

「いらっしゃいませ～、何名様ですか」

「あ、待ち合わせです。えっと、部屋番号は……」

目当てのカラオケ店に着き、やる気のなさそうな店員に先に入っているメンバーに合流することを伝えると、乃々亜はスマホに送られてきた部屋番号に従って三階に上がる。

「あっ、乃々亜ちゃん！　待ってたよ～！」

そうして待ち合わせ場所の部屋に入ると、一人の少女が飛びつくように駆け寄って来た。

それに対し、乃々亜は実に親しげな明るい笑みを浮かべてみせる。

「ごめんね？　えっと、わたしが最後かな？」

いつもと違う一人称、いつもと違う柔らかな口調でそう言うと、乃々亜はボックス内をぐるりと見回した。その視線に応えるように、ソファに座っていた男子三人が親しげな笑みを浮かべる。

「おう、まあ気にすんな？　呼び出したのは俺らだし」

「うんうん。むしろごめんね？　せっかくの休みなのに」

「どうしても、早くに知らせたいことがあってさ……ま、座ってくれよ」

そう言って一人の男子が自分の隣を指差すと、途端に他二人の目がギラリと危険な輝きを放った。

「おい、何をどさくさに自分の隣を勧めてんだよ」

「まったく、油断も隙もない……」

「はいはい男子、醜い争いをしない。乃々亜ちゃん、こっちで一緒に座ろ？」

そんな男子三人に冷たい視線を向けていた少女が、一転して乃々亜に笑顔を向けると、自分の隣へと誘《いざな》う。

同性という立場をここぞとばかりに有効活用する彼女に、今度は男子勢から冷たい目が向けられる。しかし、そんな視線もどこ吹く風。少女は素知らぬ顔でデンモクを手に取ると、乃々亜に差し出した。

「まあ、まずは歌おう？　私、乃々亜ちゃんの歌が聴きたいなぁ」

「お、それはいいな」

「うん、僕も聴きたいな」

「一曲歌ってくれよ、乃々亜」

「う、う〜ん？　……分かった。でも、先に飲み物を──」

「あ、じゃあ私取って来るね？　何がいい？」

乃々亜の一言で四人は我先にと動き、乃々亜が歌い始めれば全員がアイドルのコンサートさながらに盛り上がる。その光景はいつも学園で行われているものとなんら変わらないようでいて、少し異なっていた。

違うのは、乃々亜の振る舞いと周囲の人間の反応。学園での乃々亜が取り巻きを従える女王なら、今の乃々亜はさながら、従者に甲斐甲斐《かいがい》しく世話を焼かれるお姫様のようだった。

「ふぅ……」

やがて、乃々亜がバラード曲を一曲歌い上げると、四人から拍手喝采が送られる。お世辞にもカラオケでは盛り上がらないしっとりとした曲だったが、そんなことは誰も気にしていない。もっとも、仮に乃々亜が歌ったのがヘビメタやアニソンでも、彼らの反応は変わらなかっただろう。もし乃々亜がヒドイ音痴だったとしても、彼らは心から拍手したに違いないのだから。

「み、みんな、もうそのくらいで……」

向けられる過剰なまでの喝采に、乃々亜が顔を手で扇ぎながらはにかむ。すると、四人はほややんと癒《いや》されたような顔をしながら、言われた通り拍手をやめた。

「あぁ〜緊張した。やっぱり人前で歌うのは緊張しちゃうね〜」

四人の微笑ましいものを見るような視線を受けながら、乃々亜は照れくさそうに笑みを浮かべる。その笑みは、普段と違う大人しい服装も相まって、なんだか無性に庇護《ひご》欲が掻《か》き立てられる表情に見えた。実際、四人は見事に心を摑《つか》まれたらしく、一様に熱の籠った目で乃々亜を見つめている。その視線に気まずさを覚えた様子で、乃々亜は体をもじもじとさせた。

「ん……も、もう、みんなも歌って？　わたしばっかり、恥ずかしいよ……」

「お、おう、そうか、そうだな」

「えぇっとじゃあ僕、思い切ってロックメドレー入れちゃおっかな〜？」

「お、いいな。俺ら三人で回して歌おうぜ」

「私、タンバリン持ってくるね〜？」

視線から逃げるように顔を背けながら、手振りで他の四人に歌うよう勧める乃々亜。すると、四人はあたふたと曲を選び出し、どこか空々しいノリで盛り上がり始めた。それこそ大切なお姫様を扱うかのように、乃々亜の一挙一動に敏感に反応し、行き過ぎなほどの気遣いを向ける四人。だが、それも無理からぬことだった。

なぜならこの四人の中では、乃々亜は「両親に言われてモデルなんて煌びやかな仕事をしているし、学園でも煌びやかなリア充グループに所属してるけど、本当はそんな自分に息苦しさを感じている内気で気弱な女の子」ということになっているからだ。

もちろん、これは事実に反する。

〝実は内気で気弱な女の子〟という設定は、乃々亜がこの四人の共感を得るために作った虚構に過ぎない。実際、自分の外面や学園での生き方に息苦しさを感じていて、本当の自分を出せないことに悩んでいたのはこの四人の方だ。そんな彼らに、乃々亜は巧みに近付いた。実はわたしもそうなの、と。

そうして、スクールカーストの下位から中位にいるはぐれ者同士を引き合わせ、この五人組を作り上げたのだ。普段学園で鬱屈とした思いを抱えていた彼らは、初めて得た本当の仲間と言える存在に、そして何より乃々亜という最大の理解者に、急速にのめり込んだ。「あの宮前乃々亜の本当の姿を、自分達だけが知っている」「乃々亜にとって学園のリア充共は偽りの友達であり、自分達こそが本物の友達である」。これらの秘密《幻想》は彼らに甘美な優越感を与え、乃々亜が見せる彼らへの親愛と信頼は、彼らに麻薬にも似た万能感と高揚感を与え……そうして、乃々亜はこの四人の中で姫《神》となった。

「すっごいよかったよ〜。みんな上手だった！　イエーイ」

明るい声で笑いながら、歌い終わった男子達とハイタッチをする乃々亜。学園ではなかなか見せないその振る舞いに、四人は相好を崩す。

しかし、四人は乃々亜をただ遊びに誘ったわけではなかった。ある程度場の空気が弛緩《しかん》したところで互いに目配せし、代表して男子の一人が声を上げる。

「えっと、乃々亜……実は今日カラオケに誘ったのは、話があったからなんだ……」

「話？」

「その……前に、俺らに新しい仲間を紹介してきただろ？　ほら、F組の金城《きんじょう》っていう……」

「あ、うん。金城君ね？　どうだった？　仲良くなれたかな？　金城君もね、寂しい人みたいだから……みんなも、仲良くしてくれると嬉《うれ》しいな？」

「あぁ、その……」

乃々亜の慈しむような笑みに、四人は一様に気まずそうな表情で唇を引き結んだ。しかし、すぐに「女は度胸！」とばかりに、乃々亜の隣に腰掛けた少女が口を開く。

「あのね、その金城くんのことなんだけど……」

◇

「チッ、やっぱり周防《すおう》も九条《くじょう》もＳＮＳはやってねぇか……生徒会長なんて目指しといて、自己顕示欲はありませんよアピールか？　クッソ寒《さみ》ぃんだよ、マジムカつく」

とある高級マンションの一室、パソコンを前に負の感情に満ちた声をぶつぶつと漏らす、一人の少年がいた。今まさに乃々亜たちに噂されている、征嶺学園《せいれいがくえん》一年F組の金城である。

その容姿は……はっきり言ってしまえば、世間一般では不細工に分類される容姿をしていた。同年代の中では身長が低めな反面、横には大きく、ニキビだらけのたるんだ頬《ほお》に、鼻の穴が目立つ豚っ鼻。ここまでならむしろ、学校ではいじめの標的になりそうな、人畜無害なおデブといった感じなのだが……底意地の悪さがにじみ出ているその目と口元が、印象を全く別のものに変えていた。

人畜無害な小豚というより、陰険で狡猾《こうかつ》な蛇。実際、彼は自身の劣等感を他者を貶《おとし》めることで発散しているタイプであり、ネットでもリアルでも、自分より〝上〟の人間を叩《たた》いては、あることないこと吹聴《ふいちょう》して燃やすことを生き甲斐《いがい》にしていた。

「あぁ？　なんだこいつグアムで旅行中？　最近マジ調子乗ってんな……ちょっと過去に遡って、燃やせるようなコメントしてないか調べてみるか……ん？　ぷっ、なんだよなんだよ、図星突かれてマジギレかよ。はい、写真加工してるだけのドブス確定～」

今日も今日とて、同じ学園の生徒や有名人のSNSアカウントを徘徊《はいかい》しては、荒らしたり燃やしたりといった行為に精を出していたのだが……そこで、机の上に置いたスマホがブブッと着信を告げた。

「あ……？　おっ」

画面に表示された名前に、金城はスマホを手に取ると、たるんだ頬を緩める。

「んだよ、カラオケぇ……？　ったく、しょうがねーなぁ」

言葉とは裏腹に、金城は浮かれた様子で席を立つと、そそくさと出掛ける準備を始めた。

そして、五分も経たない内に家を出ると、指定されたカラオケに向かうのだった。

当然と言うべきか、金城はその性格の悪さから学園でも蛇蝎《だかつ》のごとく嫌われており、友達と呼べるような人間はいない。いや、いなかった。つい一カ月ほど前に、学園で乃々亜に声を掛けられるまでは。

『金城君……優秀な弟さんといつも比較されてるってホント？　実は、わたしもなの……』

学園で見せるいつもの様子とは全く違った雰囲気で、乃々亜はそう話し掛けてきた。そして、打ち明けてくれたのだ。両親の要望に応えるために、無理に明るく華やかな自分を演じていること。それでも本物の陽キャである弟と妹には敵《かな》わず、家では肩身の狭い思いをしていること。学園でも、演じたキャラを捨てられずに息苦しい思いをしていること。

『金城君は……わたしと、同じなんじゃないかと思って……』

上目遣いで、不安げにそう言った乃々亜に、金城は心臓を打ち抜かれた。そして、金城自身も自分の境遇を話した。父も継母も、腹違いの弟を溺愛していること。弟は優秀だなんて言われているが、それは親に勉強や習い事の機会を与えられたからで、同じように学ぶ機会さえあれば自分の方がずっと優秀なこと。だというのに、親も教師も、周りの人間は誰も自分の優秀さに気付かないこと。

胸の中の不満を残さずぶちまける金城に、乃々亜は優しく頷き、そして全てを肯定してくれた。その後、乃々亜に同じような境遇の四人の男女を紹介されたのだが、彼らともすぐ意気投合した。

『聞いたぜ金城、オマエこの前の討論会で、九条のことすっげーディスってたらしいじゃん』

『気持ちは分かるぜ？　やっぱ伝統校の代表は純日本人じゃないとなぁ』

『僕らと同じ意見の人間がいて嬉しいよ……他の生徒達は、顔だけ見て〝お姫様〟とか持ち上げてるくだらない奴らばっかりだからさぁ』

　他でもない、お互いにアリサに対するアンチであるということがきっかけで。嫌いなものを共有するということは、時として好きなものを共有する以上に強固な関係性を生むことがある。金城の場合はまさにそれだった。

（学園の馬鹿共は、どいつもこいつもミーハーばかり。表面的なことでしか人を判断できない、クズばっかりだ）

　だが、彼らは違った。彼らは、たった一人でカースト上位の人間に挑む金城の勇気を称賛した。そして、金城がこれまで成し遂げてきた数々の武勇伝を聞きたがり、その内容に目を輝かせて称賛を送ってくれたのだ。普段は他人を貶めることで自己肯定感を維持している金城にとって、他者から向けられる称賛は、痺《しび》れるような多幸感を伴うものだった。

基本的に他人というものを一切信用しない彼が、思わず胸襟を開いてしまうほどに。

「にしても、カラオケとかあんま行ったことねーんだけど……ま、誘われた以上は付き合ってやるか」

ニヤニヤ笑いを全く隠せていないのにも拘《かかわ》らず、無駄に上から目線でそう独り言ちながら、金城は指定されたカラオケ店に入った。

エレベーターで三階に上がり、送られてきた番号の部屋の前に立つ。

(ん？　なんか静かだな？)

歌声が聞こえてこないことを一瞬訝《いぶか》しく思うも、そこまで気にせずドアを開けると、金城はパリピっぽいノリで中に踏み込んだ。

「ウェ〜イ、なんだよお前らいきなりカラオケ来いってよぉ〜。まあ、たまたま空いてたから来たけどさぁ？」

そう言いながら室内を見回して、金城はようやく違和感に気付く。漂う冷え切った空気。隣の少女に肩を抱かれながら、深く俯《うつむ》いている乃々亜。予想だにしない暗い空気に、金城は一瞬面食らってから、無理矢理《むりやり》口角を上げた。

「おいおい、なんだよこの空気。え、てか乃々亜泣いてんの？　ええ〜お前らなにやったんだ――」

「金城、少し黙れ」

憮然《ぶぜん》とした声でいきなり言葉を遮られ、金城はムッとした顔でそちらを振り向く。そして、男子三人に敵意に満ちた視線で迎えられ、思わずたじろいだ。そこへ、乃々亜がゆっくりと顔を上げながら声を掛ける。

「金城君……」

「お、おう？　どうした、乃々亜」

半ばすがるようにそちらを向き……まるで信じていた人に裏切られたかのような、傷付いた表情でこちらを見る乃々亜に、金城は半歩後ずさった。

「金城君……半年前、モデルのミミコちゃんを炎上させて、引退に追い込んだってホント？」

「え？　あ、あぁ……え〜っと」

なんとなく、ここで肯定するのがマズいことは流石に察せる。だが、四人分の「オマエこの前そう言ったよなぁ？」という視線が突き刺さっている状況では、嘘を吐くことは不可能だった。

「まあ、そんなこともあったような？」

結果、なんとも煮え切らない返事をする金城に、乃々亜は……キュッと唇を噛《か》むと、くしゃりと顔をゆがめた。

「お、おい、どうしたんだよ。え、てかこれマジで何の話──」

「金城君……ミミコちゃんはね？　わたしの、大切なお友達だったんだよ……？」

「え──」

絶句する金城に、乃々亜は泣《な》き濡《ぬ》れた声で言い募る。

「ミミコちゃんは、わたしの素を受け入れてくれた本当にいい子で……でも、あの炎上ですごく傷付いて、わ、わたしとも、全然会ってくれなくなっちゃって……！」

そして、そこで耐えかねたかのように声を震わせると、金城を押しのけて部屋を飛び出して行ってしまった。

「あ――」

中空に手を伸ばしたまま、呆然《ぼうぜん》とその背を見送る金城。その、肩を……背後から大きな手がガッシリと摑《つか》む。振り向けば、そこには酷薄な笑みを浮かべる四人組の姿。

「つーわけだ、金城。オマエが前に面白半分で破滅させた人間は、乃々亜の大切な人だったんだよ」

「あ、や、オレは、知らなくて――」

みっともなく言い訳をしながら後退《あとずさ》りするが、カラオケの狭い個室ではすぐに壁に背を着いてしまう。そんな金城を、四人が即座に囲んだ。

「知らなかったで済む問題じゃねーよなぁ？　そもそも、オマエそのモデルだけじゃないだろ？　この前ずいぶんと自慢気に語ってたじゃねーか」

「ああ、言っておくけど、その時の会話バッチリ録音してあるからね？　それに、あの後こっちで調べさせてもらったけど……キミ、あっちこっちで有名人やうちの学園生やらを誹謗《ひぼう》中傷してるよね？　彼らに、キミの素性を暴露したらどうなるかなぁ？」

「な、なんで……だって、お前らオレのことを、あんなに褒めて……」

理解が追い付かず、しどろもどろに言う金城に、侮蔑に満ちた視線が突き刺さる。

「演技に決まってんだろ？　あんなクソみたいな内容を得意気に語れるとか、マジで神経疑うわ」

「あぁ、言っとくけど、オマエが本当に乃々亜が言うように根は善良な人間だったなら、俺らもオマエを受け入れるつもりだったんだぜ？　まあ、実際は根っからのクズだったわけだが」

「だから、乃々亜さんにも教えてあげたんだよ、キミの本性をね」

「乃々亜ちゃんは純粋で優しいからね～。私達が、アンタみたいなクズから守ってあげないと」

そして、四人は乃々亜を想って優しげな目をしてから、一転して凶悪な笑みを浮かべた。

そのあまりの落差。どこか狂気すら感じさせる危険な輝きを宿した瞳に、金城はズルズルとその場にへたり込んでしまう。本能的に、理解したのだ。目の前のこの四人組は、自分のことを同じ人間とすら認識していないと。

金城という人間の感情も、尊厳も、命にすら一切の配慮をしない。必要とあらばそれらを踏みにじることに何の躊躇《ためら》いも持っていない。

「あ、あぁ……」

生まれてこの方一度も向けられたことのない、この上なく純粋な残酷。嫌悪や敵意を通り越した純然たる排除の意志に、金城の体が芯から震え、下半身に生温かい感触が広がった。

「た、たすけてくれ……」

ただ本能が命ずるままに、喉が掠《かす》れ声を絞り出す。それに対して、四人は目を爛々《らんらん》と光らせたまま、口元だけを可笑《おか》しそうにゆがめた。

「アハハッ、なにそれ。まるで私達が、アンタのことを消そうとしてるみたいじゃん」

「安心しろよ。そんなことはしねぇ……オマエが自主的に、乃々亜の前から消えてくれれば、な？」

「断ってもいいけど、その場合はさっきの素性暴露を実行させてもらうから。そしたらキミだけじゃなく、キミの家族も社会的に死ぬんじゃないかなぁ？　というか、僕がそう仕向けるんだけど」

「今まで散々、他人の社会的地位を脅かしてきたんだ。自分がそうされる覚悟くらい出来てるよなぁ？」

「う、ぁ――」

　カラオケの個室に、一人の少年の恐怖に染まった声が落ちる。しかし、その声が外の誰かに届くことは決してないのだった。

◇

「あ～やっぱ涙を流すのは難しいなぁ」

トイレの個室でスマホをいじりながら、乃々亜はそう独《ひと》り言《ご》つ。その顔に、先程までの悲痛な表情は欠片《かけら》も残っていない。所詮、全部演技でやっていたことなので、それも当然だった。

元より、乃々亜に金城への恨みなど一切ない。ミミコというモデル仲間とはそこまで仲が良かったわけではないし、今回金城を追い込んだのは、全て政近《まさちか》とアリサへの借りを返すためだった。

（借りを作ったらちゃんと返しなさいって、パパに言われてるからね～）

ただそれだけの理由で一人の人間を恐怖のどん底に叩《たた》き込んだというのに、乃々亜には罪悪感も達成感もない。特に目新しいこともなかったので、今更何を感じることもなかった。乃々亜は今までも、あの四人を操って邪魔な人間を排除してきたのだから。

嫉妬から、乃々亜に対して過激な嫌がらせをしてきた上級生。乃々亜をやたらと目の敵にしてきた生活指導の先生。沙也加《さやか》の悪評を流した選挙戦の対立候補。そのどのケースでも、乃々亜は一言も指示など出していない。ただ情報を与え、庇護《ひご》欲を誘うように振る舞っただけ。そうするだけで、あの四人は勝手に邪魔者を排除してくれた。そう出来るだけの力と素質を持つメンバーを、選んで集めたとも言えるが。

「っと、そろそろかな？」

時間を見計らって個室から出ると、乃々亜は鏡の前で表情を作ってからトイレを出た。

「あ、乃々亜ちゃん！」

すると、案の定ちょうど四人組がこちらに向かってくるところだった。そちらに、乃々亜は弱々しく健気《けなげ》な笑みを向ける。

「みんな……ごめんね？　もう、落ち着いたから……」

「乃々亜ちゃん……ホントに大丈夫？」

「うん、取り乱しちゃってごめん。金城君の話も聞かない内に飛び出しちゃって……きっと、何か理由があったんだよね？　ちゃんと、話を聞かなきゃ……」

そう言って部屋に戻ろうとする乃々亜の前に、男子三人が立ち塞がる。そして、一様にどこか空々しい笑みを浮かべて言った。

「いや、金城ならもう帰ったぞ？」

「アイツもだいぶ反省してたみたいでさ……乃々亜に合わせる顔がないって言ってたぜ」

「しばらく自分を見つめ直すってさ。だから、乃々亜さんが気にする必要はないよ？」

「……そう？　みんながそう言うなら……」

自分自身を納得させるように頷《うなず》く乃々亜に、四人は優しげな目を向ける。この四人の中で、彼らは純粋なお姫様を守る騎士だった。乃々亜から見て、彼らは神に心酔する過激な狂信者だった。

（人間の思い込みって面白いね〜）

特に感慨もなくそんなことを思いながら、乃々亜は冷め切った頭で四人組を観察する。

「じゃあ、金城君が心を入れ替えて戻ってくるまで……わたし、待つことにするね？」

そして、この上なく無邪気に笑ってみせるのだった。

第3話 空気と食う気

その日、アリサの姿はとあるラーメン屋の前にあった。木の一枚板に、どこかおどろおどろしい書体の赤文字で書かれた店名は〝地獄の釜〟。以前、政近《まさちか》と有希《ゆき》と一緒に入ったアリサが、店名通りに地獄を見た激辛ラーメン専門店である。

そんな、アリサにとっては悪い因縁がある店に、なぜ今になって再び足を踏み入れようとしているのか……それは、先日政近とデート……ではなく。朴念仁の政近に女心というものを教えてあげるために、デートの予行演習的な何かをしてあげた時に、政近が「辛い料理が好きだ」と言っていたからだった。

（いや、別に……政近君の食の好みを理解しようとか、そういうわけじゃないけど！）

脳内で、誰にともなく言い訳をするアリサ。そう、これは単純に、そこまで好きな人がいるのなら、激辛料理にもそれにしかない美味《おい》しさがあるのだろうと思っただけだ。これはあくまで、日々の食事に更なる豊かさをもたらすための試み。甘いものだけでなく、辛いものの美味しさまで分かるようになれば、食事の喜びが二倍になるかもしれないという考えに基づいた挑戦なのだ。

まあその副次効果として？　友達と一緒に食事を楽しめるようになればいいな～という考えも、まああったりなかったり？　もちろん、その友達とは政近のことではなく有希のことだが。

「ん、よし」

自分自身への言い訳と覚悟をし終え、アリサは引き戸を開けた。

「っ！」

途端、刺激成分を含んだ空気が目と鼻の奥を刺激し、ある程度覚悟していたものの、アリサは反射的に目を細める。

「らっしゃいあせ～！」

店員の威勢のいい声にしぱしぱと瞬《まばた》きをし、近付いてきた女性店員の方に目を向け……視界に入った見知った顔に、アリサは思わず二度見した。

「え、君嶋《きみしま》さん？」

「……？　あ」

アリサの声に、入り口付近の二人掛けのテーブルに座っていた綾乃《あやの》が、手元の本から顔を上げて少し目を見開く。そのままなんとなく会釈をする二人を交互に見ながら、近付いてきた女性店員がおずおずと言った。

「ええっと、お連れ様でしょうか？」

「えっと、あぁ、じゃあ、はい」

こういう時、とっさにどう答えればいいのか。経験値の足りなさから曖昧な受け答えになってしまい、アリサは羞恥を覚える。しかし、連れだと言ってしまった以上是非もなく、アリサは綾乃の席に足を向けた。

「えっと、ご一緒してもいいかしら？」

「どうぞ」

遠慮がちに声を掛け、アリサは綾乃の対面に座る。綾乃も、手に持っていた本を鞄《かばん》にしまった。

「……」

「……」

そして、沈黙。美少女二人が、見つめ合ったまま沈黙。

（えっ、と……）

なんとも言えない気まずい空気に、アリサは何かを言おうとするも……何を言えばいいのか分からず、開きかけた口を閉じる。元より、アリサは自分から雑談を始めるということをあまりしたことがない。加えて綾乃とは……まだ、非常に曖昧な関係性だった。

（友達……なのかしら？　違うわよね？　だって、二人で話したことなんてほとんどないし、精々同じ生徒会仲間ってくらいで……でも、対立候補である以上、仲間であると同時に敵でもあるわけで。でもでも、私と有希さんはお友達だし……）

果たして、自分と綾乃の関係はどういう言葉で形容するのが正しいのか。どういう関係と見なした上で、どの程度のテンションで会話をすべきなのか。もちろんアリサとしては、綾乃と友達になるのが嫌というわけではない。ただ、友達になろうと言われたわけでもないし、馴《な》れ馴《な》れしく友達を名乗れるほど自分の人格に自信がないし……なんて、コミュ障の典型みたいな思考を巡らせるアリサ。

むしろ、向こうから話題を振ってくれないものか……と考えて、綾乃の目を見てすぐ諦めた。だって、すごい真っ直ぐな目をしてるんだもの。気まずさなんて、微塵《みじん》も感じてなさそうなんだもの。両手を脚の上に置いてビシッと背筋を伸ばした、なんだか「どうぞ、わたくしどんな話でも聞きますよ？」という心の声が聞こえてきそうな、完全なる聞きの姿勢になってるんだもの。

「こちらお水で〜す。ご注文お決まりになりましたら、お呼びくださ〜い」

先程の女性店員が水を持って来てくれたことで、謎の見つめ合いが中断する。自然に綾乃から視線を外し、アリサはメニューを手に取った。そして、その相も変わらず物騒な料理名の数々に微苦笑を浮かべながら、チラリと綾乃に目を向けて尋ねる。

「君嶋さんは、どれにしたの？」

「はい、わたくしは——」

アリサなりに、結構勇気を出して口にした質問に、綾乃が答えようとしたその時。ちょうど、その答えがお盆に載せられてやって来た。

「お待たせしました〜。こちら、針山地獄になりま〜す」

運ばれてきたのは、真っ赤なスープの上に……針のように細い白髪ネギが、それこそ山のように盛られたどんぶり。メニューの上から二番目。以前アリサが食べた血の池地獄の、もうひとつ上の辛さ設定をされているラーメンだった。

「……こちらですね」

「そう……」

届いたラーメンを見て、アリサは数秒思考した。元々、アリサは今日、以前食べたことのある血の池地獄を注文するつもりだった。しかし、綾乃がもう一段階辛いラーメンを頼んでいるのを見て、「同じものを食べていては進歩がないのでは？」という思考がアリサの脳裏をよぎる。あとまあ単純に、ここで一番辛くないラーメンを注文するのは、なんだか負けな気がした。別に勝負ではないのだが。

「あの、すみません。私も同じものを」

ラーメンを置いて厨房に戻ろうとする店員を呼び止め、アリサはそう注文する。そうして綾乃の方に向き直ると、「どうぞ」と促した。

「では、お先にいただきます」

両手を合わせてそう言うと、綾乃は箸で白髪ネギの山をスープに沈めつつ、その奥から麺を引っ張り出すと、音を立てずにすすり込む。

「っ‼」

「？」

「……」

そして、一瞬動きを止めた後、心なしか少しゆっくりめに麺を口の中に収めた。その後、素早く紙ナプキンで唇を拭いながら咀嚼《そしゃく》。表情の変化は、ない。

(す、すごい！　あんな見るからに辛そうなラーメンを、眉ひとつ動かさずに食べるなんて……君嶋さんも、辛い料理が好きなのね……)

戦慄と共に、感心と少しばかりの焦りを覚えるアリサ。今でも、前回のラーメンのあの破壊的な辛さは思い出せる。あれを超える辛さを持つラーメンを、果たして自分は完食できるのか……

(だ、大丈夫！　辛さは慣れだって言うし、そもそも前回は途中で辛さを追加したのが悪かったんだし！)

そう自分を鼓舞しながらチラリと机の端を見れば、そこにはしょうゆやコショウといった調味料の中で、一際怪しい存在感を放つ小壺《こつぼ》。鬼の涙という名称の、激辛調味料だ。

(あれに手を出さなければ、大丈夫……の、はず！)

自分自身にそう言い聞かせ、闘志を奮い立たせるアリサの前で……二口目のラーメンを咀嚼している綾乃は、

(辛い……辛い、ですぅ……)

内心、すっかり涙目になっていた。

そう、実際のところ、綾乃は辛い料理が得意でもなんでもなかった。ではなんでこんな

店に来ているのかというと、理由はただひとつ。敬愛する二人の主人が愛する激辛料理を、自分も食べられるようになるためだった。

そのために、綾乃は休日などを利用してこっそり激辛料理の店を訪れ、人知れず涙ぐましい努力を続けているのだ。その甲斐《かい》あってか、この激辛修行を開始した二年前に比べると、だいぶ辛さに耐性は付いたのだが……その綾乃をして、この激辛ラーメンはかなりの難物だった。

（熱い、辛い……口の中が、燃え……）

一口目よりも、明らかに勢いを増した辛さ。まるで、口の中に残留していた辛み成分が、麺の熱によって発火したかのような感覚。そこに更に投下された辛み成分が、誘爆を起こして口の中を灼《や》く。もはや、熱いのか辛いのか自分でもよく分からない。

（ふ、ふぐっ、ふぐぅ……）

本当なら、口を開けて大きく息をしたい。とにかく口の中を換気したい。しかし、そんなマナー違反はメイドの意地に懸けて出来ない。一人ならともかく、今目の前にはアリサがいるのだ。仮にも主人のライバルである美貌の同級生を前にして、そのような醜態を晒《さら》すわけにはいかない。

「っ、ふう」

なんとか表情を崩さずに口の中のものを呑《の》み込み、綾乃は小さく息を吐いた。本能的に水をがぶ飲みしたくなるが、経験上胃を圧迫する割にはあまり効果がないと分かっているので、ここはぐっと我慢する。代わりに、比較的安全そうな白髪ネギに一旦逃げることにした。

（麺に比べれば、スープの付着が少ないネギで……小休止させていただきましょう）

そう考え、白髪ネギを口に運び……すぐに後悔した。なぜなら、シャキシャキとしたネギを咀嚼した瞬間、ネギ特有のツンとした辛さが、それこそ針のように舌を突き刺したからだ。

「!?」

明らかに普通のネギではないその辛さに、綾乃は目を白黒させる。唐辛子の燃えるような辛さとは全く違う、突き抜けるような辛さ。化学的に言うなら、カプサイシンの辛さではなくアニリンの辛さ。属性で言うなら火属性と風属性。全く違う二種類の辛さが口中で炸裂《さくれつ》し、勝手に涙が出そうになる。

（な、なるほど……これが、針山地獄……）

互いに打ち消し合うようなことはなく、全くの別方向から襲い掛かって来る二種類の辛さ。この二重苦こそがこのラーメンの肝だと気付き、綾乃は瞑目《めいもく》した。さも目を閉じて味わっているかのように小さく頷きながら、涙腺を引き絞って涙を止める。そうして口の中のものを呑み込むと、ゆっくりとコップに手を伸ばして水を一口。口の中が洗われる感覚にほうっと息を吐き、綾乃は口を開いた。

「とても美味しいです。辛さの奥に感じられる、野菜やひき肉の旨味が絶妙です」

ちなみに、綾乃としては嘘を吐いているつもりはない。長きに亘《わた》る修行で、綾乃は辛味の奥の旨味というものをきちんと感じ取れるようになっていた。だから、嘘は言っていない。ただ、そんな旨味を味わう余裕なんてなくなるほど辛いという真実を、口にしていないだけだ。

しかし、アリサはそんな綾乃の内心に全く気付かない。

「そう、なの……それは、楽しみね」

若干ぎこちない笑みを浮かべながら、アリサは密《ひそ》かに戦慄する。

(あ、あんな余裕たっぷりに食べ進めるなんて……君嶋さん、本当に激辛好きなのね……)

再び無音でラーメンをすすり始める綾乃に、アリサはどんどんと不安が増してきていた。もしかしたら、「うう、辛いですね」「ホントね、辛いわ」なんて言い合いながら、激辛ラーメン《げきから　　　　》共通の敵を前に距離が縮まるのではないか……なんて淡い希望は、あっさりと消え去った。綾乃は、戦友など必要としない歴戦の猛者だった。初めから、新米兵士なのは自分だけだったのだ。

(うぅ……)

今更ながら、アリサは綾乃と同席したことを後悔した。こんな猛者の前で「辛い辛い」と喚《わめ》こうものなら、「何しに来たんだお前」といった目で見られることは必定。こうなったらいっそのこと、綾乃が食べ終わって店を出て行くまで、ラーメンが運ばれて来なければ……なんて、そう都合よくいくはずもなく。

「お待たせしました～針山地獄です」

綾乃が半分ほど食べ進めたところで、アリサの前にラーメンが給仕された。こうなってはもう逃げようがなく、アリサは覚悟を決めると、銃を手に戦場に向かう兵士の気分で割り箸を手に取る。

「いただきます」

まず、ファーストコンタクトが大事だ。この一口目で、今後の趨勢《すうせい》が決ま――

「!?　ぅぐふっ！」

麺をすすり込んだ瞬間、喉奥をカプサイシンにぶん殴られ、アリサはむせた。辛うじて麺を吐き戻すことだけは避けたが、ちょっと咳《せき》が止まらない。

「っ！　んっ！　ぅっ！」

麺を咥《くわ》えたまま、繰り返し咳《せ》き込む。そうしてなんとか落ち着いてから、箸で慎重に麺を口に運んだ。運んで……口の中が燃えるかのような辛さに、静かに悶絶《もんぜつ》した。

（うんんん～～～～!?）

辛い、熱い、痛い。馬鹿じゃないのか。こんな料理を作る人間も、頼む人間も。

（つまり、私も馬、鹿……！）

あまりの辛さに思考を荒れさせながら、アリサは慌てて紙ナプキンで唇を拭う。ファーストコンタクトでよく分かった。これ、あかんやつ。

（た、食べ切れる気がしない……）

早くも絶望感を漂わせながら、アリサは一口目を呑み込む。すると、綾乃が少し瞳を揺らしながら声を掛けて来た。

「大丈夫ですか？　だいぶむせていらっしゃったようですが……」

「だ、大丈夫よ」

心配そうに話し掛けられ、アリサは半ば反射的に強がる。

「喉にスープが跳ねてしまっただけ。少し、勢いよくすすり過ぎたわね」

「あぁ、分かります。油断するとそうなってしまいますよね」

納得したように頷《うなず》く綾乃に曖昧な笑みを返し、アリサはどんぶりを見下ろして……完食までの遠い道のりに、軽く絶望しそうになった。思わず箸を止めるアリサ。綾乃は食う気。

（と、とりあえず一回ネギを挟んで……）

そして、綾乃と全く同じ思考を踏んで同じように罠《わな》に嵌《はま》る。

（か、辛っ、あ、かっ、こふっ！）

口の中から涙腺を直撃するネギの辛さに、アリサのポーカーフェイスが崩れそうになる。しかし、アリサは気合で表情を維持すると、即座に嚙《か》めば嚙むほど辛くなると判断。咀嚼回数を最低限に収めると、半ば強引に水で流し込んだ。すると、氷水の冷たさとネギの突き抜けるような辛さが合わさり、口内に奇妙な爽快感が生じる。

（ここ、しかない！）

それが、偽りの清涼感であることは分かっていた。しかし、たとえ気のせいでもこれに

頼らなければ食べ進められない。そう判断したアリサは、麺をフーフーしてなるべくスープを落としつつも、出来る限り早く食べ進め始めた。全ては、偽りの無敵時間が継続している間に、最大限敵を倒すため。一心不乱に箸を動かすアリサを見て、綾乃は少し目を丸くする。
（あ、あんなに次々と食べ進めて……すごいです。アリサ様も、辛い料理がお好きなんで
すね）
誤解である。お互いにやせ我慢をしたせいで、完全にすれ違いが生じていた。
（わたくしも、負けていられません……！）
挙句、相手の姿を見て奮起してしまっていた。アリサに負けじと、箸を止めずに食べ進
める綾乃。それを見て、アリサもまた、
（あんなに淡々と食べ進めて……私も、頑張らないと！）
地獄だった。ただの地獄絵図だった。お互いに相手が余裕であると誤解した結果、二人
の頭の中からギブアップという選択肢が消えてしまったのだ。もはやこうなってしまえば、
あとは意地とプライドで突き進むのみ。この地獄を、乗り越えるまで。そして……
「っ、ふう……ごちそうさまでした」
遂《つい》に、綾乃は針山地獄を制覇した。気分的には旗でも掲げたい達成感に包まれながら、
綾乃は勝利の美酒ならぬ氷水に酔う。
（なんだか君嶋さん、満足そう……？　そ、そんなに美味《おい》しかったのかしら。私には理解

できないけど……でも、私もあともう少し！）

一足先に登頂を成功させた綾乃を見て、アリサもまたラストスパートを掛ける。ずいぶんと量が減った麵の塊に、箸を突き立て——

じゃり
箸先に当たった不吉な感触に、アリサは箸を止めた。それは、アリサが激辛ラーメン初心者であったがために犯してしまったミス。食事中にスープを掻《か》き混《ま》ぜなかったせいで、どんぶりの底に沈殿してしまった、唐辛子や挽肉《ひきにく》の集合体であった。

（？　なに？）

そして、初心者であったがために……アリサはここで、更に致命的なミスを犯してしまう。箸に当たった奇妙な感触に、何の気なしに麵を搔き分け、地獄の底を覗《のぞ》いてしまったのだ。その、結果。

（ん、えっ、これ……!?）

底に沈殿し、半ば固まっていた辛み成分の塊が……地獄の底に封じられていた悪魔の群れが、解き放たれてしまった。スープ自体の量が減った今、その濃度は初期の比ではない。慌てて麵を引き上げるも、時既に遅し。持ち上げた麵には、赤い唐辛子の欠片《かけら》や黒い山椒《さんしょう》の粒がこれでもかと付着しており、とてもフーフーして振るい落とせるような状態ではなくなっていた。

（……え、食べるの？　これ）

登頂目前で、山頂が噴火でもしたかのような気分になるアリサ。

しかし、いつまでもこうやって眺めているわけにはいかない。ゴールは目前。先に登頂を果たした綾乃が、すぐ目の前で待っているのだ。

(私は、負けない。必ず完食する。必ず、完食して……)

どこか鬼気迫る表情で麺を睨《にら》みながら、アリサは闘志を駆り立てる。そう、ここで退いては、なんのために死ぬ気で地獄を潜《くぐ》り抜《ぬ》けてきたのか分からない。なんのために……綾乃への対抗心？　自分への意地？　違う、そもそもは……

(私も、政近君と激辛料理を楽しめるようになるんだからぁ!!)

地獄の底で、遂に本音をぶちまけたアリサ。そして、意を決して麺を口に運び——

◇

「っ！　……？」

ふと気が付くと、アリサはいつぞやのように公園のベンチに腰掛けていた。しきりに瞬《まばた》きをしながら周囲を見れば、すぐ隣に綾乃が座っていて、こちらを心配そうな目で見ている。

「……大丈夫ですか？　アリサ様」

「え？　えっと、私は……」

なんでこうなっているのか記憶を探ろうとするも、意識に靄《もや》が掛かっているように思い出せない。眉根を寄せて首を傾げるアリサに、綾乃がおずおずと口を開いた。

「その、アリサ様は……ラーメンを食べ切られた後、魂が抜けたようになってしまわれて……」

「あ、そう、だったの……」

言いようのない気まずさと羞恥心に身を縮こまらせながら、アリサは上目遣いに綾乃を窺《うかが》う。

「その、ありがとう。君嶋さんが、ここまで連れて来てくれたのよね……？　あ、ていうかお金！　お金は……」

「えっと、とりあえずわたくしが立て替えておきました……」

「ああ、ごめんなさい！　すぐに払うから！　えっと、いくらだったかしら……」

わちゃわちゃとしながら、お金のやりとりを済ませ……そのタイミングで、綾乃が遠慮がちに尋ねた。

「アリサ様は、その……辛い物がお得意では、なかったのですね？」

「う……」

とっさに否定したくなるが、流石に茫然自失状態になっておいて強がるわけにもいかず。

アリサはしばらく視線を彷徨《さまよ》わせた後、観念したように頷いた。

「……ええ。あまり、得意ではないわね……」

「そうですか……」

項垂《うなだ》れながら、「じゃあなんであの店に？」という質問が飛んでくることを覚悟するアリサ。しかし、聞こえてきたのは全く予想外の言葉だった。

「実は、わたくしもなんです」

「え……？」

「有希様とま……ったく同じものを食べられるよう、頑張っているのですが……なかなか慣れません」

そうして告げられたのは、自分と全く同じ動機、同じ感想。アリサの中で、綾乃に対する共感と親近感がうなぎのぼり。地獄の底で愉快に遊んでいる鬼《異常者》しか周りにいない中、ようやく生きてる人間に会えた気分だった。

「じ、実は私もそうなの……お友達の有希さんと、同じ料理を楽しめるようになりたくて……」

「そうなのですか？」

アリサの同意を受け、綾乃の目にも喜色が浮かぶ。それはまさに、孤独な戦場で同志を見付けた目であった。やはり、人間関係においては素直であることが一番なのかもしれない。

「では、もしよろしければ……これからも、二人で辛い物修行をいたしませんか？」

「え……？」

綾乃の提案に、アリサは固まる。正直、今のアリサは次のことなど考えられる状態ではなかったのだ。

「その、二人でなら心強いですし、お互いに手助けし合えると思うのですが……」

しかし、遠慮がちに少し目を伏せながらも、窺うように言葉を紡ぐ綾乃を見ては、断る気になれず。

(もしかしたら……お友達が増えるかも)

あとまあ、そんな下心もちょっぴりありつつ。

「ええ、分かったわ。これからよろしくね？　君嶋さん」

「あ——はい！」

アリサは、あまり深く考えずにその申し出を受け入れてしまった。その結果、これからアリサは綾乃と共に、長く苦しい修行の旅に身を投じることとなるのだが……それはまた、別のお話。

第4話 ブラコンとシスコン

「ふう、やっと着いた……」

一軒の日本家屋の前に、ポロシャツ姿の一人の男性が立っていた。シャンと背筋の伸ばされた、高身長で程よく鍛えられた体軀《たいく》。銀縁眼鏡の奥の瞳は優しげで、取り立てて男前というわけではないが、対峙《たいじ》する者を安心させる雰囲気を持った、知性的なナイスミドルであった。……若干、生え際が怪しい感じはするが。そこは本人も気にしているところなので触れてはいけない。

彼の名は、久世《くぜ》恭《きょう》太《た》郎《ろう》。この度久しぶりの休暇を取って日本に帰国した、政近《まさちか》や有希《ゆき》の父親である。

「久しぶりだな……」

時差ボケで少し重い頭を持ち上げ、かれこれ一年ぶりになる実家を前に、恭太郎は感慨深く呟《つぶや》く。そして門を開けて敷地内に足を踏み入れると、軒先で寝ていた白く大きな犬がのそりと顔を上げた。

「リルも久しぶり。僕のこと、覚えてるかな？」

そう声を掛けると、リルと呼ばれた犬はのそのそと面倒《めんどう》そうに恭太郎の下へと近付き、フンフンと匂いを嗅いでからワゥンと鳴いた。

「ん、よしよし」

その頭を撫《な》でてやりながら、恭太郎は「こんな調子で番犬の役目を果たせるのかな？」と少し苦笑する。

この犬は、今から三年前に政近と有希が拾ってきたオスの野良犬である。より具体的に言えば、有希が後《うし》ろ肢《あし》を怪我《けが》した仔犬《こいぬ》を見付けて助けようと言い、それに政近も賛同して、二人で祖父母の家に連れ帰ったのだ。こう聞くと、なんだか微笑ましい美談のように聞こえるのだが……当時の有希の実際の発言はと言うと、

『怪我してる白い仔犬とか、絶対フェンリルの幼体じゃん！　連れ帰って従魔にしようよ！』

……という、なんともアレな感じだったりする。そうしてその有希の願いを込めた結果、その元野良犬の名前はリルとなった。怪我した仔犬に掛ける期待が重過ぎる。

結局あれから三年、体格だけは立派になったが、リルは未《いま》だ神狼としての片鱗《へんりん》を見せない。それどころか、年を追うごとに怠惰になっている感すらあった。やはり、重過ぎる期待はかえって成長を阻害してしまうということなのか。野生に還《かえ》したらすぐ死にそう。

「まったく、誰に似たんだろうなぁ」

のそのそと軒先に戻っていくリルの背を見送り、恭太郎は呆《あき》れ気味に独《ひと》り言《ご》つ。そして、

声を掛けた。

気を取り直して玄関に向かうと、扉を開けて、突き当たりに真っ直ぐ伸びる廊下の奥へと
「ただいま〜！」

すると、すぐに廊下の左側のふすまが開き、ひょこっと有希が姿を現す。

「あ、お父さん帰って来た。おかえりぃ〜」

そしてニパッと笑うと、トタトタと駆け寄って来てガバッと恭太郎に抱き着いた。変わらぬ愛娘《まなむすめ》の愛情表現に、恭太郎は目を閉じて天井を仰ぐと、心の中で感慨深く声を上げる。

（ああ、僕の娘は世界一可愛い!!）

世のお父さん方は、年頃の娘に嫌われ悲しい思いをすることもままあると聞くが……この愛娘に関してはそんな兆候は一切ない。反抗期がないというのはそれはそれで少し気になるところではあるが、この愛らしさを前にしてはそんなことは些細《ささい》な問題だ。

愛娘の抱擁に頬《ほお》をゆるめながら、恭太郎も軽く抱擁を返す。

「ただいま、有希。大きく……なったね」

「ンン？　今の間はナニかな？」

冷静に有希の身長を見て少し口ごもると、途端に有希はニッコリとした笑みを浮かべた。

「いや……あまり、身長は変わっていない気がしてね？」

「このサイズ感がいいんじゃろがい！　この腕にすっぽり収まるサイズ感がカワイイんじゃろがい！」

自らの体格に欠片もコンプレックスを抱いてなさそうな勢いで、有希はチンピラのように力説する。そのいっそ気持ちのいい割り切りっぷりには、娘の発育を少し心配していた恭太郎も頷かざるを得なかった。

「うん、まあ……そうだね？　有希は可愛いよ」

「せやろぉ？」

すぐさま得意げな表情になり、むふ～んと胸に手を当てドヤる有希。その向こうから、政近と知久《ともひさ》が顔を出す。

「おかえり、父さん」

「おお、帰ったか恭太郎！」

「ただいま」

短くあいさつを交わすと、政近はすぐに部屋に引っ込んでしまった。有希の熱烈なあいさつに比べて、こちらは実に素っ気ない。

(うん……僕の息子は今日も塩対応だ)

久しぶりに会った息子のツレない態度に少し寂しくなるが、思春期の子供などあんなものだろう。

(その一方で……)

「イギリスはどうだった？　美人がいっぱいいたか？　ん？」

「……父さんは相変わらず落ち着きがないな」

厭《いや》らしい笑みを浮かべて近付いてくる父親に、恭太郎は生ぬるい目になる。普通老年期の父親って、こんな感じじゃないと思う。

「もうおじいさんったら、久しぶりに帰って来た息子に真っ先に訊《き》くのがそれですか？　おかえりなさい、恭太郎さん」

「ただいま、母さん」

　恭太郎と同じように呆れた顔をしながら奥から出て来たのは、恭太郎の母である麻恵《あさえ》。妻と息子に半目で見られながらも、知久は応えた様子もなく声を上げた。

「何を言うか！　男子たるもの、異国の地を踏んではその地の美酒と美女を味わわんでなんとする！」

「父さん下戸だろ……」

　ますます呆れた表情になる恭太郎だったが、呆れた笑みを恐ろしい笑みへと変えている母親を見て口を噤《つぐ》む。

「おじいさん……？」

「！」

「まるで、身に覚えがあるかのような言い方ですが……？」

「い、や、そんなことはない、ぞ？　わ、わしは麻恵さん一筋だとも……」

「でもおじいちゃん、前に外国人は骨盤が違うからお尻がいい形なんだって力説してたよね？」

「いっ⁉　いや、それは洋物の……その」

「あらあらおじいさんったら、有希ちゃんにそんなことを？　まあまあまあ……」

「あ、いや、麻恵さん？」

不吉な笑みを浮かべながら奥に引っ込んでいく麻恵を、知久が慌てて追い掛ける。相変わらずな両親に、恭太郎は安心半分呆れ半分な表情を浮かべた。そこへ、くるっと振り向いた有希が笑顔で一言。

「で、実際どうなの？　スタイル抜群の金髪美女はいた？」

「有希まで……まあ、とりあえず荷物を置かせてよ」

苦笑を浮かべながら玄関に上がり、向かって左側の和室に入ると、部屋の隅に荷物を下ろす。その間も、有希は恭太郎の後ろにくっつきながら、イギリス美女についての話をせっついていた。

「そうそうメイドさんは見た？　イギリスはメイドの本場でしょ？　リアルメイドさんの写真とかないの？」

「見たけど……そんな若い人はいなかったよ？　メイドさんって言うより、普通のお手伝いさんって感じで……」

「ええ～？　ボンキュッボ～ンな金髪美女メイドはいないの～？」

「そういうのはいないかな……」

「な～んだ、つまんな～い。おりゃっ」

不満そうにぼやき、有希は座椅子でスマホゲーに興じている政近の脚の上に身を投げ出す。

「痛っ、なんだよ」

「おらおら、お父さん帰って来てんのにスマホいじってんじゃねーぞ」

スマホを上に避けてじろりと見下ろしてくる政近のお腹《なか》に、有希はベシベシと拳を打ち込む。

（相変わらず仲がいいなぁ）

その光景を、恭太郎は微笑ましい気分で見守っていた。世の年頃の兄妹というものは、同じ家にいてもお互い口も利かない目も合わせないなんてこともままあると聞くが……この二人に関してはそんな兆候は一切ない。それどころか、普段離れて暮らしているのもあってか、一緒にいる時はまるで親友のような距離感で仲良くしている。

「ったく」

眉根を寄せつつ、政近も思うところがあったのか、有希の拳を摑み止めながらスマホを置いた。すると、素早くそのスマホを手に取った有希が、ゴロンと政近の脚の上で仰向《あおむ》けになりながらササッと画面を操作する。

「お、もう第五章まで行ってんじゃん。無課金で頑張るね～」

「普通に人のスマホいじんな。ってか、さっき自分が言ったこと思い出せや」

「え？　外国人は骨盤が違うからお尻がいい形なんだって？」

「知らんわ！　なんじゃそりゃ！」

「ハッ！　つまり、アーリャさんやマーシャさんも……？　これは、今度の合宿で確かめねば！」

「確かめねば、じゃねぇわ。早よスマホ返せや」

「いやん」

政近がパッとスマホを取り上げると、有希はゴロッと九十度回転して、政近のお腹に向かって膝枕の体勢になった。

「そんなこと言ってよ〜、兄貴だって楽しみなんだろ〜？　アーリャさんとマーシャさんのみ、ず、ぎ、す、が、た♡」

「ふとももに〝の〟の字を書くな」

「残念！　〝の〟じゃなく〝φ《ファイ》〟でした！」

「どうでもいいわ！」

「んん〜？　どうでもよくはないだろ〜？　強がるなよぉ……ホントは二人の水着姿を思って、期待に胸を膨らませちゃってるんだろ？」

「いや、どうでもいいってそっちじゃ……ってか、マジでそこまで楽しみにはしてないぞ？」

「ふむ、たしかに股間は膨らんではいないようだぐぁ!?」

こめかみに肘鉄を食らい、有希は「ぬおおぉぉ」とうめきながら畳の上で悶絶《もんぜつ》する。座卓の前に座りながら、恭太郎はその光景を見てしみじみと思った。

（いや、仲……良過ぎない？）

親友というより、むしろバカップルのやりとり。思わず「え、付き合ってんの？」と真顔でツッコみたくなるいちゃつきっぷりだった。

（いやいやまさかそんな、漫画じゃあるまいし……）

うちの子に限ってそんなことはありえないと、ふるふると首を左右に振って……懸念を晴らすべく、恭太郎は何気ない調子を装って口を開く。

「ところで、二人は恋人とか出来たのかい？」

恭太郎の質問に、政近は胡乱《うろん》げな目を向け、有希は頭を抱えたままちょっと顔を上げた。

「出来てないって……この前言ったろ？」

「あたしも出来てな～い。特に作る気もないけど」

（んん～～？）

いや、まあ予想は出来てた。二人とはちょいちょいメッセージのやりとりをしていて、そこでもそう言われてたから。ただ気になったのは、有希の「特に作る気もない」という発言だった。

（最近は中学生でも普通に彼氏彼女作ったりするって聞くし……有希の可愛さなら、男なんていくらでも向こうから寄ってくるんじゃないかな？　いや、もちろん下手な男と付き合って欲しいわけではないけども！）

そんなことを考えていると、復活した有希が四《よ》つん這《ば》いの体勢でススッと近付いてきた。そして、知久によく似た厭らしい笑みを浮かべながら恭太郎を見上げる。

「それで、お父さんはどうなの？」

「何が？」

「さっきの話！　金髪美女とは知り合えた？　外交官ってパーティーとかにもよく出席するんでしょ？　イギリス政府のお偉いさんから、いいところのお嬢さんを紹介されたりするんじゃないの〜？」

「その話か……いやまあ、綺麗《きれい》な人はいたけどね」

実際、外交官という立場もあり、パートナー同伴のパーティーに出席することもある恭太郎。場合によっては独身女性の後輩にパートナー役をお願いしたりもするが、基本的には一人で出席していた。そういった場で、「おや、君は独り身かね？　ならうちの娘とかどうかね？」みたいなことを言われることもないわけではない。もっとも、恭太郎は社交辞令だと思って本気にはしていないが。

そういったことをかいつまんで話すと、有希は「えぇ〜？」と疑念に満ちた声を上げた。

「それ、本当に社交辞令だったの〜？」

「当然だよ。その人の娘さんは二十代半ばだよ？　冗談に決まってるじゃないか」

まあ、酔っ払ったその娘さんとなんだか妖しい雰囲気になったことがないわけではないのだが。ちょうど時期的に大きな国際会議を控えていたことから、あれは恐らく、ハニートラップ的なものだったのだと思う。ちなみに、その時は幸い、いつもパートナー役をお願いしている後輩が駆け付けてくれたお陰で事なきを得た。その後、その後輩に「久世さんお酒弱いんだから、ああいう手合いにはもっと気を付けてください！」と注意されてしまい、それ以来、ハニートラップ警戒役と称して前にも増して同伴の機会が増えたが……恭太郎としてはむしろ、ハニートラップを警戒しなければならないのは若くて美人な後輩の方ではないかと思っていた。

（まあ、彼女はしっかりしてるし、職務上機密情報に触れたりもしていないはずだけど……）

そんなことを考えつつ、娘に話す内容ではないので「子持ちのバツイチ中年日本人なんて、誰も相手にしないよ」とだけ言う。これに関しては本心だったし、仮に相手をしてくれるような奇特な女性が現れたとして、恭太郎に再婚の意思はない。のだがしかし、有希は挫《くじ》けた様子もなく更に詰め寄って来た。

「じゃあ、未亡人の美熟女とかは？　同じ子持ちで話が合う美魔女とかいないの？」

「えぇ〜？　ん〜まあ、会議で知り合ったフランスの外交官に、そういう人はいるかな……」

「いるのかよ」

「フランス美女！」

政近のツッコミと、有希の楽しげな声が重なる。

「いや、まあその人も娘さんを国に残して仕事してるみたいでね？　それで少し話が弾んだだけで、ただそれだけだよ？」

　何やら興奮している有希を落ち着かせるようにそう言うが、そこで有希がスッと目を細めた。

「でもお父さん。今、〝いた〟じゃなくて〝いる〟って言ったよね？　それって、今でも何らかのやりとりがあるってことじゃないの？」

「っ⁉　いや……」

　突然の鋭い指摘に、恭太郎は思わず息を呑《の》む。そこへ、更に息子から鋭い追撃が飛んできた。

「もしかしてその知り合いって、半年くらい前に俺がオタグッズを送った相手か？」

「⁉　う、うん、まあそうかな？」

「ん？　あぁ～！　あの手紙の！」

　図星を指され、恭太郎は訳もなく目を逸《そ》らす。実は、そのフランスの外交官の娘さんが日本のオタク文化大好きらしく、母親を通してとある作品のグッズを入手できないか打診してきたのだ。物凄《ものすご》い努力の跡がにじみ出ている、たどたどしい日本語の手紙付きで。そのあまりの熱意に断ることも出来ず、恭太郎から政近に依頼が飛んできたというわけだった。

　別に、そのグッズは日本であればそこまで入手が難しいものではなかったので、政近も父親の社交のためならばと依頼を請け負った。そしたらこれまた熱烈なお礼のメッセージが父親を通して転送されてきたので、政近と有希も記憶に残っていたのだ。

「ぬっふふ〜お父さん、嘘はいけないな〜？　十分私的な交流があるんじゃ〜ん」

「いや、そんなことないって。その時のお礼で、軽く食事をしたくらいでね？　そもそもお互いに国を代表する者同士、常に腹の探り合いみたいなところがあるっていうか——」

　そう弁解するが、有希のニヤニヤ笑いは止まらない。

「ええんやで？　異なる国の外交官同士、禁断の恋に落ちてもええんやで？」

「いや、別に禁断ではないけれど」

「ええんやで？　金髪美女と再婚して、連れ子のフランス美少女を特に意味もなくこっちに送り込んでもええんやで？　お兄ちゃんと突然義理の兄弟になった金髪美少女と、出会って三秒で同棲《どうせい》生活を開始させてもええんやで？」

「いいわけねーだろどこのラノベだ」

　オタク脳をフル稼働させる有希に、後ろから政近がツッコミを入れた。が、有希はガン無視で更に恭太郎に詰め寄る。

「ちなみにそのフランス人の娘さんはおいくつ？」

「えっと、たしか十四か十五って言ってたかな？」

「ほう？　つまり義妹か。あたしとその子の、義妹実妹戦争が勃発するのか！」

「そんなこと言って、お前絶対その子と仲良くなるだろ」

「そして金髪義妹と銀髪同級生の間で、お兄ちゃんを巡る壮絶なラブコメバトルが始まるわけだな!?」

「始まらん始まらん」

「うん？　銀髪同級生？　もしかしてこの前少し話に出た、えぇっと……」

恭太郎が記憶を探って少し口ごもると、突然スパンと音を立てながらふすまが開かれた。そちらに目を向ければ、何やら気持ちやつれたように見える知久が、イイ笑顔で立っている。

「九条《くじょう》、アリサさんのことだな！　なんだ、何か進展があったのか？　んん？」

そして、正解を口にしながら野次馬《やじうま》根性丸出しで乱入してきた。

「いや……じいちゃんが期待するようなことは何もないから」

父と祖父の好奇に満ちた視線に、政近は嫌そうに顔をゆがめながらそっぽを向く。が、そこへすかさず有希がゴシップネタを投下した。

「お兄ちゃん、その子と夏休みの宿題してるんだって。家で、二人っきりで、何日も！」

「ほほ～！」

「へ～やるじゃないか」

「いや、だから夏休みの宿題やってるだけだって……」

露骨にテンションを上げる三人にますます嫌そうにしながら、政近はやましいことはないと弁解する。が、そんなことで止まる妹様ではない。

「被告はこう言っておりますがね？　この前お兄ちゃんの部屋に入った時……」

「誰が被告じゃ」

政近のツッコミも意に介さず、有希は内緒話をするように口の横に手を当てると、恭太郎と知久に向かって身を乗り出した。そして、二人の興味を十分惹《ひ》きつけてから、ニヤリと笑って爆弾を投下する。

「お兄ちゃんのベッドに、アーリャさんの銀髪が落ちてたんですよ！　キャー何やってたんだろうね！　ナ～ニやってたんだろうね⁉　保健体育の勉強でもしてたのかなぁ～⁉」

「それは聞き捨てならんなぁ～？　んん？　お勉強しちゃったのか？　単位を満たして卒業しちゃったのか？」

「してねーわ！　変な邪推やめろ！　アーリャに対しても失礼だろうが！」

知久の下品な言い方に噛みつく政近。その肩に、有希が何やら優しい顔でポンと手を置く。

「分かってるよ。お兄ちゃんは腰抜け玉無しクソ童貞だから、アーリャさんに手なんか出せないよな？　うん、分かってる」

「うん？　喧嘩《けんか》売ってるのかな？」

「まさか。オレはお前の味方だぜ？　だから、今度の合宿ではお前とアーリャさんがイイ感じになれるよう、しっかりアシストしてやるから、な？」

「余計なお世話過ぎんだけど」

「とりあえず、アーリャさんの水着が流されるのと、二人で無人島に流されるの、どっちがいい？」

「馬鹿かお前は。どっちもに決まってんだろ」

「オッケー、じゃあアーリャさんの水着を流した上でお兄ちゃんと会長を島流しね〜」

「ちょっと待てい。なんだその地獄は」

「え？　だって、兄貴とアーリャさんの二人とは言ってないし……」

「くっこんな初歩的な罠《わな》に引っ掛かるとは……いや、それどこに需要あんねん」

「腐女子に需要がある。あと、女子が水着で戯れる光景に野郎はいらねぇって層に需要がある」

「なんだ俺のことか」

「そういうわけだから。お兄ちゃんも交ざりたかったらまず女体化してね？」

「〝まず〟で求められるハードルよ」

「大丈夫。元がフツメンでも、女体化したら美少女になるのが世の常だから」

「仮にそうなったとして、生徒会メンバーにはどう説明すんだよ」

「え、あたしの親戚の久瀬正チカちゃんだって紹介するしかなくない？」

「名前に誤魔化す気がゼロ」

「大丈夫！　あたしはチカお姉ちゃんって呼ぶから！」

ふざけながらも兄の恋路を手助けしようとする有希を見て、恭太郎は自分の懸念が晴れていくのを感じた。

（なんだ……やっぱり、考え過ぎだったか。ま、そうだよね）

この二人が兄妹で道ならぬ恋をしてるだなんて、馬鹿馬鹿しい妄想にも程がある。一瞬でもそんな邪推をしてしまった自分が恥ずかしい。

（二人は、ただの仲がいい兄妹。うん、実に微笑ましいじゃないか）

そう思い直し、恭太郎は知久と共に二人を温かく見守る……その視線の先で、有希が政近の背中に抱き着いた。両腕両脚絡めてガッチリと。

「なんだどうした」

「いや、なんとなく……お父さんにも抱き着いたから、お兄ちゃんにも抱き着いとこうかと」

「抱き着くってかおんぶじゃん……重いんだが？」

「あ？　今女子に重いって言ったか？」

「言ったが？」

「貴っ様ぁ————！」

怒声を上げながら、有希はグワッと口を開いて歯を剥《む》き出すと、政近の首筋へ——

「かみかみ」

「嚙《か》むな嚙むな」

「ん～A2ランクかな～」

「うぅん！　ツッコみにくいなぁ……どうせならＦ１ランクくらい振り切れよ」

「Ｆ１なんてねーよ。車じゃねんだから」

「いや知ってるけどさ。大体こういうのはＦランだろ？」

「『妹にＦランクと馬鹿にされた俺の学食無双』みたいな？」

「まあ、そんな……ちょっと待て今学食って言ったか？」

「あ、さっきのはサブタイで、メインタイトルは『肉牛転生』だから」

「食われてんじゃねーか！　どんな作品だ！」

「異世界にミノタウロスとして転生した主人公が、食の荒廃した学園の食堂で自らの肉体を調理し、ヒロイン達に『うまぁ～い！』って言わせながら服を弾《はじ》け飛ばさせる作品だよ」

「とりあえず可愛い女の子を脱がしときゃ読んでもらえると思うなよ？」

「あ、ちなみにヒロインは全員トロールだから」

「絵面汚《きた》ったねぇ！」

「なんてことを。異なる種族同士が、食の喜びという全生物に共通する幸せを通して分かり合う、感動作品だというのに」

「カニバリズム要素さえ入ってなければな」

「物語の終盤で、学園の理事長の孫娘に残った右腕を食べさせて、『あぁ、これで俺はもう料理が出来ないんだな』って寂しい笑みを浮かべる主人公には、涙を禁じ得ないよね」

「サイコしか読まねーぞそんな作品」

「そして最後は、自分を馬鹿にした妹を最高のハツ料理で見返すんだよ」

「最悪の復讐《ふくしゅう》じゃねぇか!!　ドン引きだわ!!」

「ま、妹もミノタウロスで草食だから、その料理は食べてもらえなかったんだけど」

「生ごみにヘドロぶち込んだような後味の悪さだな」

「どうだ、興味が湧いただろ?」

「うん、お前の頭の中身にな」

怒涛《どとう》のボケを連発し、ケラケラと笑いながら政近の体をぐわんぐわんと揺する有希。その光景に、恭太郎は微笑ましい笑みを浮かべたままスイーッと縁側の方に視線を動かし、

(うん、やっぱり仲良過ぎじゃない?)

しみじみと、そんなことを思うのだった。

第5話

理想と現実

「すまんな、休み中に集まってもらって」

夏休み期間中の生徒会室。招集を掛けた統也《とうや》の謝罪に、集まった面々は気にするなという風に首を左右に振る。そして、代表して政近《まさちか》が口を開いた。

「いえ、まあそれはいいんですけど……例の、制服変更の件ですか？」

「ん？　ああいや、そっちは俺と茅咲《ちさき》で進めるからいいんだが……」

「いいんですか？　俺達に出来ることがあったら手伝いますよ？」

「ありがとう。だが、そっちは本当にいいんだ。その代わりに、ちょっとお願いしたいことがあってな……」

「なんですか？」

そこで統也は茅咲以外のメンバーをぐるりと見回し、少し眉を下げて尋ねた。

「みんなは……今学園で、七不思議が流行《はや》っているのは知ってるか？」

「七不思議って……あの、トイレの花子さんとか動く人体模型とかのやつですか？」

「そうだ。まあ内容は違うんだが……」

統也の肯定に、心当たりがなかった政近は隣のアリサを見る。しかし、政近以上に交友関係が狭いアリサが、政近が知らないものを知っているはずがなく。二人が戸惑い気味に視線を交わす中、その対面に座る有希《ゆき》が声を上げた。

「わたくしはいくつか聞いたことがあります。《屋上に立つ人影》、《反転する像》、《赤い女生徒》……とかでしたか」

「周防《すおう》は知ってるのか。ああ、その三つはたしかに七不思議に含まれているな」

「ふ～ん……なんだか、あまり聞き慣れない名前ですね」

「そうなんだよ。それこそトイレの花子さんとか、夜ひとりでに鳴るピアノとか、増える階段とか？　そういったいかにもな内容じゃないんだよなぁ」

「まあ、高校生にもなってそんなコッテコテの怪談が流行ってるってなったら、反応に困りますが……ちなみに、その三つはどういう内容なんだ？」

苦笑を浮かべた政近がそう問い掛けると、有希が少し意味深な笑みを浮かべる。

「いいんですか？　結構、怖い話も含まれてますが」

「え、そうなの？　ちなみに、どのくらい怖い？」

「電子レンジの近くに落ちてるちっちゃなネジくらい怖いです」

「それは滅茶苦茶《めちゃくちゃ》怖い！　って、それ怖いの意味が違くね？」

「ふふっ、冗談ですよ」

そう小さく笑みを漏らし、有希は七不思議の内容について語り始めた。

《屋上に立つ人影》。立ち入りが禁止されている校舎の屋上に、時折人影が立っているのが見える。なぜかシルエットが不鮮明で性別もはっきりしないが、それを目撃した生徒は一様に、人影からの強い視線を感じたという。

《反転する像》。真夜中に、美術室にある石膏《せっこう》像の左右が反転する。現象としてはそれだけだが、複数の美術部員の目撃証言があり、なんと反転した様子を撮影した写真も存在するという。

《赤い女生徒》。放課後の校舎内で、体のどこかに怪我《けが》を負った女生徒と遭遇する。遭遇した生徒は誰も女生徒の顔を覚えておらず、しかし数日以内に、女生徒が怪我していたのと同じ箇所を負傷する。

「ふ～ん……」

　有希の説明を聞いて、政近は気のない声を漏らした。露骨に信じてなさそうなその反応に、有希が苦笑いを浮かべる。

「興味がなさそうですね？」

「いや、だってなぁ……所詮ただの噂だろ？　証拠写真なんて言ったって、今は写真の編集くらい学生でも出来るしさ」

「まあ、そうですね」

　有希も政近と同じ考えのようで、頷《うなず》くと同時に軽く肩を竦めた。最初から、有希も七不思議など信じてはいないのだろう。それは二人に限った話ではなく、他のメンバーも苦笑してたり、無表情で興味なさそうにしていた。約一名を、除いては。

「うぅ～……なに、その話ぃ……もう、放課後校舎内を歩けないぃ……」

「え、マーシャさん？」

両腕で自分の体を抱き、首を縮めるマリヤ。その顔にいつもの笑みはなく、神経質そうに周囲を見回す姿からは、マリヤが本気で怖がっていることが窺《うかが》えた。そんな親友の過剰反応に、その正面に座る茅咲が苦笑気味に声を掛ける。

「いやいやマーシャ、ただの噂だから。そんなに怖がらなくても……」

「うぅ、でも、非のないところに嫌疑は立たないって言うじゃない？」

「うん？　聞き間違い？　火のないところに煙は立たない、だよね？」

「ハハッ、なんだか無駄に難しい言い間違いですね……意味自体は似たようなこと言ってますが」

「んん？」

「もう、マーシャ！　どういう勘違いなのよ……」

ぱちぱちと瞬《まばた》きをするマリヤに、アリサが恥ずかしそうにしながら間違いを正す。それを横目に、政近は茅咲に少し意外そうな顔で言った。

「にしても、更科《さらしな》先輩は幽霊怖くないんですか？」

「え？　……いや、全然。なんで？」

「いや、なんとなく……『幽霊は殴れないから怖い！』って言うタイプかと？」

二次元でよく脳筋タイプのキャラが言うテンプレセリフを口にすると、茅咲は心底不思議そうに首を傾げる。

「何言ってるの？　幽霊は殴れるけど？」

「え？」

「え？」

「「「「「え？」」」」」

その場の六人の視線が、一気に茅咲に集中した。だが茅咲は、なんでそんな顔で見られるのかが分からない様子でたじろぐ。その、およそ冗談とは思えない反応に……

「それで会長、他の四つはどういう話なんですか？」

「あ、わたくしも聞きたいです」

「おおそうだな、他の話は……」

六人は、何も聞かなかったことにした。だってこれ以上踏み込んだら、学校の七不思議なんかとは比べ物にならない深淵《しんえん》を覗《のぞ》くことになりそうだったから。うん、殴れたってことは幽霊じゃなかったんだよそれっぽい別のナニカだったんだよそういうことにしておこう。

「ええっと、俺の聞いた話は……」

そして、統也が続けて四つの話を語った。

《部室棟のすすり泣く声》。部室棟で、どこからともなく女性のすすり泣く声が聞こえる。

《幸運を呼ぶ階段》。屋上へと続く階段でガチャを回すと、高確率でSSRを引ける。

「すみません、少しトイレに」

「いいですけど、政近君スマホは置いていきましょうか」

「あ、やっぱりいいです」

「正直か、久世《くぜ》」

《姿なき猫》。校庭横にある体育倉庫で、時々猫の鳴き声が聞こえる。ただし、実際にその姿を見た者は誰一人としていない。

《校舎裏の狂い桜》。校舎裏に生えている桜が、夜に狂い咲くことがある。その際、咲いた花が白色なら見た者には幸運が、紅色なら見た者には不幸が訪れる。

「とまあ、周防のと合わせてこれで七つだな」

そう言って口を閉じた統也に、政近は眉間に手を当てながら頭が痛そうに言う。

「えぇっと、まあ会長に言っても仕方ないんでしょうが……ツッコミどころ多いですね。というか、ガチャとかは明らかに〝七〟不思議にするための数合わせじゃないです？」

「うん、まあ、な？」

「女の声とか……これは完全に隙間風とか家鳴りでしたってオチでしょうし……まあ、すすり泣くっていうのが少し気になりますけど。あと、猫の鳴き声は単純にどっかから猫が迷い込んでるだけでしょ」

「まあ、普通に考えればそうだよなぁ」

「それに、狂い桜？　そもそもうちの桜は全部白だし……色の違いは品種によるものだから、別の色の花が咲くわけないし」

「それはそうなんだが……だからこそ、七不思議なんじゃないか？」

「う～ん……それだって、見る人によって白と思うかピンクと思うかの差くらいな気がしますけど……」

と、そこまで否定的な意見を出してから、政近はなんだか文句みたいになってしまったことを自覚して肩を竦めた。

「すみません、なんかネガティブなことばっかり言っちゃって」

「ああいや、そういう批判的な意見も大事だからな。気にするな」

「ありがとうございます。それで、その七不思議がどうしたんですか？」

そう尋ねると、統也が難しい顔になって腕を組む。

「それがな……最近、この七不思議目当てに、用事もないのに校舎に侵入する生徒が多いらしくてな……」

「はぁ……」

「部活動で学校に来ている生徒が、ちょっとあちこちをうろつくくらいならいいんだが……中には、封鎖されてる屋上に入ろうとしたり、数名だが夜中に校内に侵入した生徒もいるらしい」

「え、えぇ～……高校生にもなって、そんなことしますか」

引いた様子を見せる政近に、有希も同意するように頷きながら疑問を呈する。

「夜中に侵入って……普通に不法侵入じゃないですか？　この学園でそんなことしたら、タダでは済まないと思うのですが……その情報は、どこから？」

「あぁ……実は、その様子を実況撮影してる動画が、SNSの鍵アカに投稿されてたらしくてな……それを見た生徒から、つい一昨日タレコミがあったんだ」

「うわぁ……馬鹿だねぇ～。どこにでもいるんだな、そういう奴」

場合によっては外部への流出から炎上騒動、投稿者特定からの関係者晒《さら》し祭りに発展しそうなその内容に、政近のみならずアリサや茅咲も顔をしかめた。どうやら征嶺学園《せいれいがくえん》のような名門校にも、危機管理能力の低いお調子者はいるようだ。

「ん、まあその動画の関係者に対しては、すぐに内々で厳重注意をした。動画も既に削除されているようなので、とりあえず差し迫った問題はないと思うんだが……他にも同じようなことをする生徒が現れないとも限らん。今回はたまたま教師にバレなかったからよかったが、もし教師に見付かれば処分は免れんだろうしな」

「そうでしょうね。大事にならずに済んでよかったです」

有希の言葉に頷き、統也は少し声のトーンを上げる。

「そこで、だ。この七不思議ブームを鎮静化するために、生徒会で七不思議の調査をするというのはどうだろうか」

「調査……というと、原因究明をして……早い話が、『全部デマだった』という情報を流して生徒達の関心を薄れさせる、ということでしょうか？」

「その通りだ、周防。はっきり言って、証拠に関しては捏造《ねつぞう》でもなんでもいい。たとえば体育倉庫の鳴き声に関しては、どっかから連れてきた猫と一緒に写真を撮って、猫が見付かったということにしてもいい。目的は七不思議の正体を暴くことじゃなく、暴いたと見せかけることだからな。とにかく、一刻も早くこの七不思議ブームを終わらせることを目指したい」

「実は、剣道部でも部員達が噂しててさ……まあ、あの子達が不法侵入とかするとは思えないけど、ちょっと気になってたんだよね……」

そう言う茅咲に、内心「いや、それは更科先輩が『幽霊はいる』的な発言をするのも一因なのでは……」と思いながらも、政近は頷いた。

「分かりました。たしかに、これも生徒の自治ってことになるでしょうし、生徒会の役目でしょうね」

政近の言葉に、他のメンバーも口々に同意を示す。誰一人渋る様子もなく協力を申し出てくれたことに、統也はほっとした様子で顔をほころばせた。

「ありがとう。早速、調査をしてもらいたいんだが……すまない、提案しておいてなんだが、俺と茅咲はこれから例の制服の件で打ち合わせがあってな……」

「ごめんね。昼からだから、今日はちょっと参加できないんだ……」

本当に申し訳なさそうに眉を下げる統也と茅咲に、しかし五人は気にするなという風に声を上げる。

「いえいえ、全然大丈夫ですよ。むしろ、そっちの方が大変ですし。合宿の時には会長の別荘にお邪魔するくらいですから、このくらいは」

「ええ、そんなに人数いても仕方ないですし、こちらは任せてください」

「こちらはわたくし達で対処しますので、お気になさらないでください」

「皆様のおっしゃる通りです。ご武運を」

「そっちはそっちで頑張って？　わ、わたしも……怖いけど、頑張るから！」

口々に送られるエールに、二人は笑みを見せる。そしてその後、具体的にどう動くかの相談を開始した。

「それじゃあ、手分けして調査しましょうか……って言っても、半分くらいは夕方以降にしか調査できないのか」

「そうですね……すみません、わたくしと綾乃《あやの》は、夜は門限が……」

「ああ、まあそれは仕方ないな。それじゃあ、夕方以降の調査は俺とアーリャとマーシャさんでやるってことに……？」

「私は構わないわよ」

「う、うん。分かったわ」

「すまんな、三人共。その許可に関しては、俺から先生にお願いしておこう。表向きは侵入者がいた事実は伏せて、七不思議で不安を覚えている生徒がいるってことにしてな」

「それがいいですね。お願いします」

その後、いくつかの打ち合わせを経て、一旦会議は終了。休憩をしてから、実際の調査を行うことになった。

「あ、久世君」

「はい？」

休憩に入り、各人トイレに行ったり飲み物を買いに行ったりする中、自身もトイレに行こうとした政近は、背後から茅咲に呼び止められて振り向いた。すると、茅咲が鞄《かばん》から何かを取り出して、こちらに差し出してくる。

「はいこれ、貸してあげる」

「これ……」

茅咲が差し出したもの、それは……まさかの数珠、だった。それも、磨き抜かれた黒曜石が連なった、妙に本格的な数珠。

(どういうこと⁉)

女性の先輩に数珠を貸されるという謎の展開に、政近は固まる。そんな政近の困惑を察したのか、茅咲は説明を付け加えた。

「ほら、万が一本物が出た時のために。使って？」

「へぁ？　本物って……え、まさか本物の霊って意味ですか？　ってか、使うってどうやって……」

両手で挟んでじゃりじゃりやりながら、念仏でも唱えろというのか。漫画などでお坊さんがやってる除霊のシーンを思い浮かべながら、そんなことを思う政近。

「どうって……」

それに対して、茅咲は逆に少し戸惑った顔をすると、数珠を右手の人差し指から小指に掛けて巻き付けた。それはさながら、メリケンサックのように。

「これを、こうして」

「……ほう」

そして、指に巻いた数珠をぎゅうっと握り込んで拳を固めると、ビシッと空に正拳突きを放った。

「そんでこう！」

「イエア」

つまり、殴れと。念仏唱える暇があったらとにかく殴れと。やはり筋肉は全てを解決するということか。

「あ、近付くのが難しそうな時は、バラして指弾として使うのもオススメ」

「そんな指弾を必修科目みたいに。いや撃てますけども。オタクなんで」

「おお、なら話は早いね。じゃあこれ、貸してあげる。この〝連陽法蓮劈凱珠《れんようほうれんへきがいじゅ》〟で、女の子達を守ってあげてね」

「明らかにラストダンジョンで手に入るアイテム。大丈夫かな、装備レベル足りてるかな？」

「大丈夫大丈夫。力量が足りてなくても、多少寿命吸われるだけだから」

「な〜んだ、それだったら安心だネ！」

「きゃは☆」というように明るく言ってから、政近は慎重に数珠を受け取った。

（というかこの人、なんでこんないい笑顔が出来るんだ……）

　相変わらず、どこまでが本気でどこまでが冗談なのか分からない先輩に戦慄しつつ、政近は「これは絶対身に着けないようにしよう」と心に決めるのだった。

◇

「っし、それじゃあ調査を始めますか！」

「何言ってるのよ、もうひとつ調べ終わったじゃない」

　屋上へと繋《つな》がる階段に、呆《あき》れ顔のアリサのツッコミが響く。それに対して、政近は瞳孔の開いた危うい笑顔でグリンと振り向いた。

「ハハハ、何を言ってるのかな？　調査はこれからじゃナイカ」

「いや……だから、たった今この階段の――」

「何もなかったよ？　うん。毎日コツコツ広告を見て溜《た》めた石五千個が、一瞬で溶けたなんて幻想だよ？」

「ハァ……」

全力で現実逃避をする政近の隣で、有希が不敵な笑みを浮かべる。

「ふ、ふふっ……噂がデマであると言い切るには、まだまだ試行回数が足りない。そうは思いませんか……？」

「いけません有希様、その先は泥沼です」

こちらもまた、瞳孔が開いた笑みで課金に走ろうとする有希を、綾乃が冷静に引き留める。二人揃って大爆死だった。ＳＳＲどころか、ＳＲすら出ない正真正銘の大爆死。むしろ、いつもより引きが悪かった感すらある。

調査開始早々に、恐怖とは全く別の要因でＳＡＮ値を削られた二人。その様子を見て、普段ソシャゲとかやらないマリヤが、少し困ったような笑みを浮かべた。

「えっと、大丈夫？　よしよししてあげよっか？」

「やらないでいいわよ」

「いいんですか？」

「あなたも食いつかないの！」

そんなこんなで、数分掛けてメンタルを回復した政近は、アリサの「こうはなりたくないわ……」という冷たい視線を華麗にスルーしてビシッと階段の先を指差す。

「それじゃあ、いざ屋上へ！」

「なんでそんな無駄にテンション高いのよ……」

「いや、そりゃテンション上がるだろ。学校の屋上なんて、ロマンの塊じゃないか」

「何が？」

アリサは怪訝《けげん》そうに眉をひそめるが、その隣でマリヤは深々と頷いた。

「分かるわ～……いいわよね～屋上。なんだか、素敵なことが起こりそうじゃない？」

「ふふふ、たしかに青春小説などでは、主人公たちがよく屋上に集まりますよね」

わくわくした様子で華やいだ声を上げるマリヤに、有希も上品に笑いながら期待感をにじませる。綾乃は空気。

「まあ、そういうことだ。しかも普段封鎖されてるっていうのがまた、秘密基地感があっていいんだよなぁ～」

「あ、そう」

屋上に異様な熱視線を向ける政近に、アリサは「付いていけない」という風に軽く溜息《ためいき》を吐く。

「まあなんでもいいけど、本来の目的を忘れないでよ？」

「はいはいっと……」

アリサの忠告に適当に頷き、政近は階段を上ると、屋上入り口のドアを矯《た》めつ眇《すが》めつした。

「んん～特に立て付けには問題はなし。別にノブや鍵も壊れてなさそうだし、侵入は無理……じゃないか？」

「そうね～生徒が勝手に入るのは無理だと思うわ」

周囲を一通り調べ、鍵がなければ侵入は不可能と結論付ける。

「よし！　ではいざ行かん！」

「は～い、じゃあ開けるわね～」

そうしていよいよ、マリヤが職員室から借りてきた鍵でドアを開け、屋上へと続く扉が開かれた。

「おぉ～」

まだ一度も入ったことのない屋上への道が開かれ、政近は期待感に満ちた声を上げる。

差し込む眩《まぶ》しい陽の光に目を細め、そして──

「汚《き》ったなっ!!」

そのロマンもクソもない光景に顔をゆがめた。

まあ、掃除なんかされてないので当然と言えば当然なのだが……屋上は一面黒っぽい何かに覆われており、あちこちに鳥の糞《ふん》は落ちてるわ、フェンスの下にはもっさりと緑色の苔《こけ》が生えているわで清潔さの欠片《かけら》もなかったのだ。

「うっわぁ……」

「……これは、なかなかですね」

「うぅ……夢がない……」

屋上にロマンを感じていた三人は、その幻想を無残に打ち破られて、すっかり意気消沈してしまっていた。特に、露骨にしょぼくれてしまったマリヤに呆れた目を向けながら、アリサが本来の目的に話を戻す。

「それで、どうするの？　七不思議の対策としては……ここに現れる人影っていうのが、ただの人間だって説明するのが一番だと思うけれど？」

「そう、ですね……やはり、あの校庭側のフェンス付近に足跡を付けて、その様子を撮影するのがいいんじゃないでしょうか？　その写真と一緒に、屋上に業者が立ち入ったという情報を流すとか。生徒の侵入が不可能である以上、他に説明しようもありませんし、逆に業者の存在を否定できる人もいないでしょうし」

「ま、それが妥当か……ってか、それくらいしか出来ることないよな」

有希の提案に頷き、政近がふと顔を上げると、四人の視線が自分に向けられていることに気付く。

「……え、俺？」

「靴の大きさ的に、それしかないのでは？」

「体重的にも、重い方が足跡を付けやすいんじゃないかしら。よかったわね、憧れの屋上に入れて」

息ピッタリに政近を追い詰める次期会長候補二人。もっともらしいことを言ってはいるが、単に自分が足を踏み入れたくないという本音が見え見えだった。

「えぇ～……ここに、靴で？」

しかし、それは政近も同じだ。というか誰だって、こんな汚い場所に入って、足跡が残るように靴をグリグリしたくないだろう。なんとか他の方法がないだろうかと、助けを求めてマリヤに目を向けるも、

「うぅ、屋上で花火……ビニールシートでランチタイム……隠れてこっそりタバコ……」

……どうやら、未《いま》だに破れた夢を追ってらっしゃるご様子。というか、タバコは駄目だろタバコは。

「……あの、でしたらわたくしがやりましょうか？」

続けて目を向けた綾乃に、そう言われてしまえばもう政近に選択肢はなかった。

「いや、俺がやるよ……」

そして、一度一階に降りて靴を取って来た政近は、夏空の下で汗水垂らしながら、屋上に足跡を付けていく。

（未だかつて、生徒会の仕事でここまで惨めな仕事があっただろうか……）

下を見れば、校庭で運動部が爽やかな汗を流しているというのに。上を見れば、鳥が自由に空を舞っているというのに。ああ、なんて気持ち良さそうなのだろうか。だが屋上を糞まみれにしたことだけは許さん絶対にだ。

「政近く～ん？　足が止まってますよ～？」

お前もだこのヤロウ、誰の発案でこんなことやってると思ってやがる。

（ああ、もう……）

汚いリアルにロマンを打ち砕かれ、惨めな仕事をやらされ……いろいろとフラストレーションが溜まっていた政近は、衝動的に《学校の屋上でやってみたいことランキング》第十一位を実行する。大きく息を吸い込み、フェンスに駆け寄ると校庭に向かって……

「青春の、バカヤロ――!!」

「馬鹿はあなたよ」

実行して、即アリサに冷たい言葉を浴びせられて撃沈した。

第6話 倉庫と密室

「まったく、恥ずかしいったらないわ」

「衝動的にやってみたくなったんや……」

屋上での作業を終え、政近《まさちか》はアリサと共に校庭に向かっていた。向かう先は体育倉庫。

残る五つの噂の内、日中に調査ができるのは《姿なき猫》と《部室棟のすすり泣く声》。

この二か所を、二手に分かれて調査をすることになったのだ。

基本は選挙戦のペアで分かれ、調査範囲の広さを考えて、マリヤには部室棟の方に行ってもらった。

「衝動的に叫ぶとか、完全にただの危ない人じゃない」

「……いやまあ、下までは聞こえないよう、一応加減はしましたけどね？」

そんなことを言い合いながら、二人は体育倉庫に辿《たど》り着いた。重い金属扉を引き開けると、むわっとした埃《ほこり》っぽい空気が流れ出してきて、二人は反射的に顔をしかめる。入り口から差し込んだ光に、空気中を舞う埃がはっきりと照らし出されていて、いかにも体に悪そうだった。

「うわ……この中を調べるのか」

「……文句言っても仕方ないでしょ。さっさと始めるわよ」

意を決して中に入ると、まずは鳴き声が聞こえるかどうか耳を澄ます。

「……」

「……」

――――ァ
「！　今、何か聞こえたわ！」

「え、どっちから？」

「ちょっと静かに！」

アリサの下に近寄り、一緒に耳を澄ますが……

「よ～っし、もう一本！」

「気合入れてこ～！」

「「おおぉぉっす!!」」

「ああもう、外うるさい！　政近君、扉閉めて！」

「あ、はい」

苛立った様子のアリサに言われるまま、政近は重い引き戸を閉める。途端、風が通り抜けなくなった倉庫内が、また一段と暑くなったような気がした。が、少しの間と我慢して耳を澄ます。

「……」

「……」

しかし、二十秒ほど耳に全神経を集中するも、聞こえてくるのはやはり運動部の声だけ。

やがて、アリサが不満げにぽつりと漏らした。

「聞こえなくなっちゃった……あぁ～もうっ、さっきは聞こえてたのに……」

「まあまあ、とりあえず扉開けるから……ほら、暑いし、暗いしさ」

そう言ってアリサを宥《なだ》めながら、政近は引き戸を開け……

ガンッ！

「ん？」

開かない。扉の間にちょっと隙間が出来たところで止まる。

「？　どうしたの？」

「いや、ちょっと……」

まさかと思い、取っ手を両手で掴んで全体重を掛けて引っ張るも、やはり開かない。

「え、う、うそ……」

「……マジだ」

焦り半分疑い半分といった表情で近付いてきたアリサに、政近は場所を譲る。

が、人が替わったところで開くはずもなし。

と、そのタイミングで政近のスマホが軽く振動した。取り出して見てみれば、そこには有希《ゆき》からのメッセージが。

『どうも、大変よく分かってらっしゃるデキる妹、有希ちゃんです』

政近は、この時点でスマホを放り投げたくなった。が、ぐっと堪えて次の着信を待つ。と、ほどなくして次のメッセージが飛んできた。

『アーリャさんを家に連れ込んでも何も出来ないヘタレなお兄ちゃんのために、わたくしがステキなイベントをご用意しました』

……いや、一応この前デートらしきものもしたのだが。

途中から記憶が飛んでいるけども。もっとも、有希はそれを知らないはずなのでツッコミはしない。

『そう、古き良きラブコメのテンプレイベントと、最近一部界隈《かいわい》で流行《はや》っているテンプレイベントを融合させた、その名も〝Hしないと出られない体育倉——』

「そぉい！」

そこまで読んだところで、堪《たま》らず政近はスマホを放り投げた。走り高跳びに使う青色の巨大なマットに、ボスッと埋まる政近のスマホ。同時に、突然の奇声にビクッと肩を跳ねさせつつ、アリサが振り返る。

「な、なに？　どうしたの？」

「……いや、なんでもない。ちょっと有希と連絡がつかなくてイラついた」

本当は、連絡はついているのだが。しかし、犯人に連絡を取ったところで助けてくれるはずもない。今考えてみれば、あのアリサが聞いたという猫の鳴き声も怪しい。あれも、有希がスマホで流したものだと考える方が自然だ。

全ては、政近とアリサに自分から扉を閉めさせるために。その上で、外側から鍵を掛けて二人を閉じ込めるために。

(妹ぅぉぉぉぉぉ────!!)

声に出さないよう歯を食いしばり、心の中でだけ絶叫する政近。その前で、再びスマホにメッセージが届く。

『安心しろ。熱中症にならないように、適当なタイミングで解放してやるから』

(そりゃありがたいねぇ!)

『だからそれまでの間に、乳のひとつでも揉《も》んでおけ。なんならホントにHしてもらっても構わんぞ?』

(するわきゃねーだろ!!)

食いしばった歯の間からフシーッフシーッと荒い息を漏らしながら、政近はスマホを拾い上げた。そこで、アリサが首を左右に振りながら声を上げる。

「……ダメね。マーシャとも連絡が取れないわ」

「……そうか」

それは政近にとって予想の範囲内だった。

有希が、そちらにも手を回していないはずがない。なんだったら、外の運動部にも「ちょっと倉庫の方で騒がしくしますけど、気にしないでくださいね～」とか言ってる可能性まである。

なので、政近としては、

「……まあ、生徒会のグループにメッセージは送っといたし。どっちにしろ、向こうの調査が終わったら誰かこっちに来るだろうし、それまで待ってるしかないだろ」

と、言うしかなかった。

「待ってるって……大声で外に助けを求めればいいじゃない」

「やめとけ。どうせ聞こえないし、無駄に喉が渇いて暑くなるだけだ」

「む……」

水分補給の手段がないという事実に、アリサも口を噤《つぐ》む。それからも、十秒ほどなんとか脱出できないか黙考していたが、特に何も思い付かなかったらしく肩を竦めた。

「……それじゃあ、助けが来るまで猫を探しましょうか」

「いや、真面目か」

「なんでよ。元々そのつもりだったんだし、さっき実際に鳴き声が聞こえたじゃない」

「ううん、まあ……それは、ね？」

政近の考えでは、それは有希の工作である可能性が高いのだが。確証もない上にその推測の根拠を話すことも出来ないので、政近は曖昧に頷《うなず》くしかなかった。

それを消極的肯定と受け取ったのか、アリサは扉の横にあるスイッチを押し、まず蛍光

灯を点《つ》けようとする。が、

「……あら？」

「あぁ、ここの蛍光灯、そういや切れてたな……」

天井に二本取り付けられている蛍光灯は、片方が完全に切れていて、もう片方も薄橙《うすだいだい》色《いろ》の光をぼんやりと放つだけで、ほとんど照明としての役割を果たしていなかった。

扉を閉めてしまっている今では、マトモな光源は壁の高い位置に設置された小窓だけ。それも、その手前に積まれている諸々《もろもろ》の器具で大部分が塞がれてしまっている。

おかげで、お互いの姿くらいは見えるが、倉庫の壁際は薄暗がりの中に沈んでいた。

「……ほら、こんな暗いんじゃ猫探しどころじゃないし。大人しくしてようぜ？」

「別に、スマホのライトを使えばいいじゃない。ほら、探すわよ」

「えぇ〜……」

政近の説得も空《むな》しく、優等生らしく猫探しを始めるアリサ。

そうなってしまっては政近もサボるわけにはいかず、やむなく捜索を開始した。なんとなく左右に分かれ、手分けして猫の痕跡を探すこと、約五分。

「暑っつい！」

猫の姿どころか鳴き声すら聞こえず、倉庫内のむわっとした空気に、政近は堪らずブレザーを脱いだ。

ネクタイも外し、近くにあったボール入れの籠に引っ掛けると、シャツの胸元を摑んでバタバタと扇《あお》ぐ。

「ハァ……会長が現在進行形で進めてる、夏服の変更が待たれるな……」

「……そうね、流石に暑いわ」

特に返事を期待していたわけでもない独り言に肯定で返され、政近はチラリとそちらを見る。すると、アリサも政近と同じようにブレザーを脱ぐところだった。

更にリボンタイも外し、ジャンパースカートの肩ひもを外して上半身だけ半脱ぎの状態になると、軽く一息吐きながら手で顔を扇ぐ。

（う……）

その姿に……政近は否応《いやおう》なく、一月ほど前に生徒会室であった出来事……催眠術事件を思い出してしまい、なんとも言えない気まずさを覚えた。

そんな政近の視線に何を感じたのか、ふと目が合った瞬間、アリサは眉間にしわを寄せると、パッと自分の体を庇《かば》うように上体を背ける。

「ちょっと……あんまりこっち見ないでよ」

「あ、ああ、すまん……」

いや別に、そんなおかしな格好はしていないのだが。それこそ服装だけ見れば、一般的な学校の夏服と何も変わらないのだが。それまで着ていたものを脱いだというだけで、なんだか妙に扇情的に見えてしまうのはどうしたことか。

（あぁ～もう、こうなったら猫探しに集中しよ）

そう心に決め、政近は再び捜索を開始した……のだが、

「……何も見付からんな」

あちこち開けたりどかしたりしたものの、猫の姿は見当たらない。もっとも、七不思議のタイトルが《姿なき猫》なのだから、それで当然とも言えるが。

「となると、上、か……？」

自分の頭くらいの高さにある棚を眺め、政近は顔をしかめる。

そこには、小さいコーンやら車輪がゆがんだライン引きやら中身不明の段ボールやら……普段あまり使わないものがごちゃごちゃと置かれていて、どれかひとつ下ろすだけでも非常に面倒そうだったのだ。

（……というか、どうせ夕方も調査するんなら、その時に三人がかりでやった方がよくね？）

わざわざこんな暑い中でやることもないだろう……と思い、アリサにも意見を聞こうとそちらに視線を向ける。

「なあ、ア——」

そして、壁際にまとめて置かれているハードルのバーの下に体を突っ込んで、何やら奥を探っているアリサの姿に、言葉を呑み込んだ。

ガチャガチャという、ハードル同士がぶつかり合う音と共に、フリフリと揺れるアリサのお尻。ズズッ、ズズッと動く……スカートの裾。背中がバーに当たらないよう上体を屈《かが》

めてるせいか、かなり際どい……というか、これ立った状態で見てるから見えないだけで、たぶんしゃがんだら普通にパンツ見える。

（……マジか）

思いがけず訪れたアリサのパンチラチャンスに、政近は口端を引《ひ》き攣《つ》らせた。

倉庫内のむわぁっとした空気の中、フリフリと小さく揺れるアリサのお尻が、自分を誘っているように感じる。

暗闇にぼんやりと浮かび上がる、むっちりとした真っ白なふとももに、つぅっと汗が伝う様のなんと扇情的なことか。あぁ、その汗は一体どこから垂れてきたのか、この目で確かめてみた――

「……んウン！」

激しい咳払《せきばら》いのような声を漏らしながら、政近は自分の額に拳を打ち付け、邪《よこしま》な思考を吹き飛ばした。そして、フシーッと息を吐き出しながら、暑さに茹《ゆだ》った脳をクールダウンしようと試みる。

（落ち着け……パンチラとは、あくまで偶発的なラッキースケベイベント。自分から覗きに行った時点で、それはもはやパンチラではない！　ただの覗きでしかないだろう！）

そういう問題なのかとツッコまれそうな論法で、自分自身を叱咤《しった》する政近。拳をグリグリとねじ込むように額に押し付けながら、政近はギッとアリサのスカートを睨んだ。

（たとえどれだけ隙だらけだろうと、そこにつけ込んで覗きをするなど外道の所業！　ア

ーリャとの信頼関係を破壊する行為だ……だから、俺は絶対にそんなことはしない！　絶対に…………それにしてもいい脚だ）

ニーソックスに締め付けられ、その上でむにぃっとなってるふとももが妙にセクシー。そのふともも同士がぶつかり合い、むにむにと形を変える様をついつい目で追ってしまう。

（……うん、これは覗きじゃない。つまり……セーフだな？）

額に拳を押し当てたまま、ぼーっと熱に浮かされたようにアリサの脚に見入る政近。と、そのタイミングで手の中のスマホがブブッと震え、政近はビクッと体を跳ねさせた。まるで、授業中に居眠りしてたところを、つっつき起こされたかのような反応。

意味もなく視線をあっちこっちに泳がせながらスマホを取り出すと、また有希からのメッセージが届いていた。

『四つん這《ば》いになったアーリャさんのヒップラインに、股間はバッキバ――』

そこまで見たところで、無言でスマホの画面を切る。そして、猛烈な気まずさと気恥ずかしさを覚えながら、どこから見ているのかと周囲を見回し――

「……ひっ、ひやぁ！」

突如上がった引き攣るような悲鳴に、政近は反射的に振り向いた。

見れば、ハードルを派手にガチャガチャ鳴らしながら、アリサが後ろ向きに這《は》い出ようとしている。

そのなりふり構わぬ勢いに、派手に踊るアリサのスカート。

「ッ⁉」

　本格的にパンチラしそうになり、政近はとっさに顔を上に向ける。しかし、アリサはそんなこと一切気に掛ける様子もなく、盛大に引き攣った表情で駆け寄ってくると、両手で政近の腕にしがみついた。

「な、なんだどうした⁉」

「ねっ、ねず、ネズミが……！」

「え？　ネズミ……？」

　眉根を寄せてアリサの方に視線を下ろすと、顔を上げたアリサと目が合う。

　そこで、アリサは今更になって自分が政近にしがみついている事実に気付いたらしく、一瞬自分の手を驚いたように見た後、慌てて手を放した。

　そして、鳥肌を抑えるように両腕で自分の体を抱くと、恐怖と嫌悪に歪《ゆが》んだ表情でハードルの奥に目線を送る。

「あの、奥に……ネズミの死骸が……」

「……うげ、マジか」

　小動物の死骸という生理的嫌悪感を催すワードに、政近も顔をしかめる。しかし、アリサに「あなたも確かめなさいよ」という目でじろっと見られ……渋々ながら、スマホを掲げてハードルの方へと向かった。

「っと……」

四つん這いの体勢でハードルのバーの下へと体を潜り込ませ、恐る恐る壁際をライトで照らす。すると……

「うっ……!!」

右側、綱引きに使う巨大な綱の陰にそれを見付け、政近は声を漏らした。慌ててハードルの下から体を引き抜き、アリサの下へと戻る。

「……いたでしょ」

「いた。っていうか、あった。うぅ～気持ち悪っ」

政近自身、ネズミなんてちゃんと見た経験はない。見たことがないからこそ、ネズミには漠然と不潔という印象しかないのだが……それが腐乱死体になり掛かっているとなれば、もう嫌悪感しかなかった。

「うぅ～～……でもこれって、実際に猫がいるって証拠じゃないか？　なんかあのネズミ、噛《か》み痕があったような気もするし……」

「そ、そうね……でも、あれを撮って証拠写真として扱うわけにはいかないでしょ？」

「当たり前だ。モザイク掛けたとしても阿鼻叫喚《あびきようかん》になる……っていうか、誰も体育倉庫に近付かなくなるわ」

二人揃って、両腕をさすりながら身震いする。

もう完全に、七不思議とは別物の恐怖体験だった。

背筋にゾゾゾッとしたものが走り、全身から嫌な汗が噴き出てくる感覚に、政近は早歩きでブレザーを掛けてある場所に向かうと、ボタンを外してワイシャツも脱いだ。

「うぅ～～気ン持ち悪っ！　変な汗出たわ！」

そして、肌着一枚になるとズボンのポケットからハンカチを取り出し、首元や胸の汗を拭う。

「ちょ、ちょっと……！　いきなり脱がないでよ！」

「あん？」

と、アリサが何やら焦った声を上げ、政近は汗を拭きながら振り向いた。すると、暗闇の中でアリサが落ち着きなく視線を泳がしている。

「いや、別にこれ以上は脱がんけど？　それにそんな見えんだろうに」

「見えないけど……そういう問題じゃないでしょ」

「いやいや、今度の合宿では水着だろ？　つまり、上半身裸なわけで……」

「あ、あのねぇ、こんな密室でいきなり脱がれたら、女の子は誰だって警戒するでしょ！」

アリサの言葉に、政近は言葉に詰まった。

たしかに、密室に二人っきりの状態でいきなり男が脱ぎ始めたら、女性は身の危険を感じてしまうものかもしれない。たとえそれが、見知った相手であっても。

「……それはそうだな。ごめん、無神経だった」

「え、う、うん……まあ、いいけど……」

素直に頭を下げた政近に、アリサはなんだか気まずそうに返す。そして、ロシア語でボソッと続けた。

【ドキドキ、しちゃうでしょ……？】

（警戒心的な意味で、ね？）

即座に脳内で都合のいい解釈をし、政近は華麗にスルー。数秒、体育倉庫の中になんとも言えない微妙な空気が流れる。が、政近はその空気を変えるようにニヤッと笑って言った。

「まあでも、か弱い女の子に言われるならまだしも、アーリャに言われてもなぁって感じだが」

「なっ、どういう意味よ！」

「いや、だってお前、密室で男を張っ倒した前科があるし……」

「あ、あれは、その……」

数日前、政近の自室であったことを思い出し、アリサは口ごもる。そのまま数秒、先程よりも一層落ち着きなく視線を彷徨《さまよ》わせた後、アリサはキッと政近の方を睨《にら》みつけた。

「あなたが、ムードをぶち壊すようなことをしたからでしょ！」

「う、ん？　そうだっけ？」

「そうよ！」

ピシャリと言い放つと、この話はこれで終わりだと言わんばかりにプイッとそっぽを向く。その強引な話の切り上げ方に、政近は「そういうことにしといてやるか」と苦笑を浮

かべ……

【もっと、ちゃんとしてくれたら……私だって】

突然ボソボソと聞こえてきたロシア語に、笑みを固まらせた。

(おっとぉ？　それはどういう意味カナ？)

私だって……どうなのか。ムードを壊すようなことをしなければ？　どうなったというのか。

暗闇の中では、アリサの表情はよく見えない。見えない、が、いつものように髪をいじる指先を見るに、きっとアリサは今……

「ニャア」

「「!?」」

その時、突如右上の辺りから聞こえてきた猫の鳴き声に、二人は弾かれたように振り向いた。すると、棚に積まれた段ボールの上。そこに一匹の黒猫の姿が。

「「……」」

「……」

突然の対面に、政近とアリサは声もなく猫を見つめる。猫にとってもまた、これは意図せぬ遭遇だったらしく、「なんかおる!?」みたいな感じで、二人の方をじっと見つめていた。そのまま、視線が交錯すること数秒。

真っ先に我に返った政近が、猫の姿をカメラに収めようとスマホを持ち上げようとした瞬間、猫がバッと前屈《まえかが》みになる。そして、瞬時に臨戦態勢になった猫に政近が動きを止めた半秒後、ひらりと身を翻すと、段ボールの陰へと姿を消してしまった。

「あっ……」

呆然《ぼうぜん》と声を漏らしてから、慌てて猫がいた場所へと駆け寄る。そして、猫が隠れた段ボールをどけると……眩《まぶ》しい光が目に飛び込んできて、反射的に目を細めた。

「？　なんだこれ」

そこにあったのは、壁に開いた四角い穴……の奥に、下向きに口の開いた雨除《あまよ》けのカバーらしきもの。軽くジャンプすると、その口から外の地面が見えた。

「ん～ん？　元は、換気扇でも付いてたのか……？」

なんとなく、そんな気がした。目を凝らして見れば、穴の縁に何かが取り付けられていた痕跡が残っているし。

「ここから、出入りしてたってこと？」

「ああ、そうみたいだな……」

隣にやって来たアリサにそう返し、何気なくそちらを向いて……数秒固まってから、無言で視線を戻す。なぜかと言うと……

（めっっっちゃ透けてて草）

つまり、そういうことだった。穴から侵入した光に照らされた、アリサの上半身。暑さによる汗と恐怖による冷や汗でじっとりと濡《ぬ》れたワイシャツに、くっきりと黄色いレースが透けていたのだ。おまけに、ワイシャツがピッタリと肌に張り付いていて……曲線が、すごかった。思春期男子には少々刺激的過ぎるボディーラインだった。

（パンチラを回避したら、まさかのブラ透けに遭遇した件について）

予想外の事態になんだか脳内で頭の悪い独白をする政近だったが、アリサはそんな政近の動揺に気付いた様子もなく、穴から吹き込んで来た風にほぅっと息を吐いた。

「あぁ、少し涼しいわね」

政近はむしろ、体が熱くなりそうなのだが。予期せぬラッキースケベにまた頭が茹《う》だりそうだったが、とりあえずこれ以上目に毒な光景が見えないよう、無言で段ボールを元に戻す。そして、「涼しかったのに、なんで塞ぐのよ」と言いたげなアリサの視線に気付かないふりして顔を背けると、いろいろと動かしてしまったものを元の位置に戻し始めた。

「……まあ、鳴き声の犯人は見付かったし……あそこの穴を塞げば、侵入されることもなくなるだろ」

「？　そうね」

急に声のトーンが下がった政近に小首を傾げながら、アリサも片付けを始める。そうして、数分掛けて大体の片付けを終えたタイミングで、外から有希の声が聞こえた。

『政近君、アーリャさん？　あら？　なんで鍵が……』

そんな、政近からすると白々しさしかない声の後に、ガチャガチャと扉のロックを外す音がする。それに、「やれやれようやくか」と肩を竦め……マズいことに気付いた。

（ちょっと待て……このままアーリャを外に出すのはヤバいだろ！）

十中八九ないとは思うが、近くに男子がいたら完全に事故だし、そうでなくても有希に見られれば確実にいじられる。後になって絶対、「んん？　どうだったんだい？　下着透けさせたアーリャさんと一緒にいて、どんな気分だったんだい？」っていじり倒される！

（どど、どうする⁉　どうにかしてアーリャに隠させ……でもどうやって？　そもそも指摘すること自体どうなのって、でも指摘しないと話が進まなるべく穏便にああもう時間が――！）

二秒ほど猛烈な勢いで脳を回転させた後……政近は近くにあった自分のブレザーを引っ掴《つか》むと、背後からそっとアリサに羽織らせた。

「？　なに？」

そして、怪訝《けげん》な表情で振り向いてきたアリサに、フッと優しい笑みを向ける。急に向けられた慈愛に満ちた瞳に、アリサが軽く肩を跳ねさせつつ、目を見開いた。

至近距離で絡まる二人の視線。互いの吐息すら感じられてしまいそうな距離感。その様子はまるで、雨宿りの最中、濡れてしまった女の子に、男の子が自分の上着を掛けてあげる胸きゅんシーンのよう。肩に回された両腕に、アリサは背後から抱き締められるかのような錯覚を抱いてしまう。

普通ならば、身の危険を感じてもおかしくない状況。なのに、アリサは動けなかった。ただ目を見開いたまま、政近のブレザーをきゅっと摑む。そんなアリサにますます優しく目を細めながら、政近は穏やかな口調で語り掛けた。

「お嬢さん……ブラ、透けてますよごほぉ⁉」

そして、食い気味でビンタをお見舞いされて吹き飛んだ。

「ははは早く言いなさいよこのバカ‼」

アリサが悲鳴混じりにそう叫んだタイミングで、有希が扉を開ける。そして、走り高跳び用のマットに埋まる政近を見て、しぱしぱと目を瞬かせた。

「えっと、これは――」

「フンッ！」

疑問を解消するべく声を上げるも、鼻を鳴らしたアリサが荒々しい足取りで近付いてきたので、慌てて道を開ける。そして、校舎に去るその背を見送ること数秒、不意に納得感に満ちた声を上げた。

「ああ、ブラジャー透けちゃったのか」

「お前のその鋭さマジでなんなの？」

「フッ、オレはラブコメの波動を感知できる、ラブコメセンスを持っているのさ……」

「マジかよ……どこで使うんだそれ」

呆《あき》れ声で言いつつ、むくりとマットから体を起こす。そして、ニヤーッとした目をしている妹に何か言われる前に、先手を打って口を開いた。

「姿なき猫を見付けたぞ。侵入口も特定した」

「……マジか。どこ？」

流石に興味を引かれた様子を見せる有希を伴い、政近は体育倉庫の裏側に回る。

「ほら、あそこ。ぱっと見換気口に見えるけど、あそこ実際には換気扇外されて中に入れるようになってるんだよ」

「ふ～ん……」

壁面に取り付けられた雨除けカバーを指差してそう言うと、有希も考え深げに周囲を見回していたが……不意に、何かに気付いてピタリと動きを止めた。

「？　どうした？」

「……ねぇ、あそこから猫が出入りしてるとこ、実際に見たの？」

「ん？　まあ……実際に現場を押さえたわけじゃないが、前後の動きからしてあそこから出入りしたんだろうなって……他に入れそうなところはなかったし」

政近がそう言うと、有希はゆっくりと顔を上げ……真顔でポツリと言う。

「どうやって？」

「え？」

「どうやって、あそこから入ったの？」

言われて改めて見てみれば、体育倉庫の裏手は完全な平地で、足場に出来るようなものは何もなかった。そして地面から換気口までの距離は、どう見積もっても一メートル半以上はある。

「たし、かに……」

その事実に気付き、政近はゾクッと背筋が寒くなるのを感じた。これはまさか、意味が分かると怖い話というやつなのか……と思ったその時。左手の斜面から微《かす》かな物音が聞こえ、政近と有希は同時にパッと振り向く。

「あ……」

するとそこには、先程目撃した黒猫が。斜面の草むらの中から、「なんやお前ら」と言いたげな瞳でこちらを見ていた。

そのまま、見つめ合うこと数秒。今度こそその姿を捉えようと、政近は素早くスマホのカメラを向ける。そして動画撮影を開始した直後、サッと体育倉庫の方に視線を向けた猫が、すごい勢いで走り始めた。

まるで、ジャッカルを追うチーターのような動きで猛然と駆け抜けると、体育倉庫の手前でジャンプ。そのまま壁面に取り付くと、普通に壁を駆け上った。コンクリートのブロック塀を。まるで忍者のようにササッと。

「「……猫すげぇ！」」

ちなみにこの時撮影した動画は、後日ＳＮＳで滅茶苦茶《めちゃくちゃ》バズった。

第7話　星座と正座

「……ええっと、それじゃあ行きましょう、か？」

校内での部活動が終了した午後七時。コンビニ弁当で早めの夕食を終えた生徒会室で、政近《まさちか》は遠慮がちに左右を窺《うかが》った。

「お、おぉ〜……」

「早いとこ終わらせましょう」

明らかに腰が引けた様子で、震え声で拳を持ち上げるマリヤ。何でもないようなすまし顔で腕を組みながら、しかし落ち着きなく指をトントンさせているアリサ。……出発前から、正直不安しかなかった。

「えっと、マーシャさん大丈夫ですか？　というか、全然大丈夫そうじゃないんですけど……」

「え、ええ〜？　そんなことないわよ？　わたし、頑張るから！」

微妙に目元を引《ひ》き攣《つ》らせながらも、唇を引き結んでグッと両手を握り締めるマリヤ。気合十分に見える、なんだか微笑ましい姿だが……

「いや、頑張るって時点で大丈夫じゃない……」

その発言が、既に怖いということを認めていた。先が思いやられるその態度に、しかし政近は「無理だけはしないでくださいね」とだけ告げ、反対側のアリサに目を向ける。

「で、アーリャは大丈夫か？」

「？　大丈夫だけど？　私はマーシャと違って怖がりじゃないもの」

怪訝そうに片眉を上げ、どこかマリヤに呆《あき》れたような目を向けるアリサだが……どうにも、平静を装っているだけのように見えるのは気のせいか。しかし、ここでそれを指摘しても仕方ないので、政近は溜息《ためいき》を呑《の》み込むと生徒会室の扉を開けた。

すると、人感センサーが反応して廊下の照明が点《つ》く。それに肩を竦《すく》めながら、政近は背後を振り向いた。

「ほら、マーシャさん。ちゃんと明かり点きますから。そもそもまだ外、そんなに暗くないですし。怖くないですよ？」

「うん……」

政近の言葉に頷き、マリヤがおずおずと廊下に出て来る。それに少し呆れた顔をしながら、アリサも廊下に出て扉を閉めた。

「それじゃあ、まず美術室行ってそれから校舎裏行きましょうか……その後、《赤い女生徒》を探して校舎をぐるっと回る感じで」

「う、うん」

「ええ、それでいいわ」

二人が頷《うなず》くのを確認して、政近は先を行こうと——

「あ、待って！」

……して、すぐに背後から右手を取られる。振り向けば、マリヤが既に泣きそうな顔でチラチラと窓の方を見ていた。

「先に行かないでよぅ、怖いじゃないぃ」

「……いや、だから生徒会室に残っててもらっても」

「一人でいたら絶対襲われるじゃない！」

「何に!?　学校の怪談は別にパニックホラーじゃありませんよ!?」

らしくもなく早口で悲鳴混じりの声を上げるマリヤに、殺人鬼に追われる系のホラーと勘違いしてるんじゃないかとツッコミを入れる。が、マリヤは気が気でない様子で何度も窓の方に視線を飛ばしていた。政近の手を握る細い手も、恐怖でカタカタと震えている。

「わたし、知ってるわ……こういうのって、外からいきなりバァンって来るのよね？」

「いや、今回の怪談、別に外から襲撃してくるタイプじゃないですけど……ハァ、これでいいですか？」

溜息を吐きつつ、政近はマリヤの隣、マリヤを窓からガードする位置に移動した。すると、アリサも溜息混じりにマリヤの反対隣に移動する。

「……はい。これで教室から何か出て来ても安心でしょ？　いや、何も出て来ないけど」

「う、うん……ありがと、アーリャちゃん」

ぎこちなく頷き、マリヤはアリサの左手も握った。そのことに一瞬眉を跳ね上げるも、マリヤの頭越しに政近と目を合わせ、アリサは諦めたように肩を竦める。

政近とアリサに、左右から手を繋《つな》がれるマリヤ。左右に比べて真ん中だけ一回り背が低いこともあり、構図は完全に親子だった。実際は、その真ん中が一番年上なのだが。

「これはこれで……ホラーのテンプレだと、手を繋いでる両隣が気付いたら別のナニカに入れ替わって……すみません」

小声でツッコミを入れた途端、マリヤから信じられないものを見る目でガン見されてすぐ謝る。

しかし、マリヤは急にハッとした表情になると、バッとアリサの方を振り向いた。そして、恐る恐るといった様子で話し掛ける。

「アーリャちゃん……？　本物の、アーリャちゃんよね？」

「そうよ。いちいち政近君の冗談を真に受けないの」

心底呆れた様子でそう言うアリサに、マリヤは突然ロシア語で話し掛けた。

【じゃあ、自分の体で一番目立つホクロはどこ？】

【……何よその質問】

【いいじゃないない、どうせ久世《くぜ》くんには分からないんだし】

いや、分かっている。思いっ切り分かっているのだが……アリサはチラリと政近の方を見ると、フイッと顔を背けながらボソッと言った。

【……右脚の、ふとももの内側】

（……ほう）

いや、だからなんだって話なのだが。強いて言うなら、「アーリャにもホクロってあったのか……」ってくらいの話なのだが。だがしかし……ついなんとなく、スカートに隠れたふとももに目が行ってしまう。同時に、昼間の体育倉庫でのワンシーンを回想して「はて、ホクロなんてあったかな？」と脳内検証しようとしてしまう。

「うん！　本物のアーリャちゃんね！」

が、そう声を上げたマリヤが急にこちらを振り向いたので、政近は慌てて視線を上げた。正直間に合った自信がなかったが……マリヤは特に気にした素振りもなく、「ん～」と唸《うな》りながら小首を傾げる。

「それじゃあ、久世くんは……久世くんは…………」

そのまま、考えること数秒。マリヤは〝ガーン〟という効果音が付きそうなショッキングな表情で、口に手を当てた。

「ど、どうしよう！　久世くんが本物か偽物か見分ける質問が思い付かない！」

「あぁ……うん」

「アーリャちゃんは？　アーリャちゃんは何かいい質問思い付かない⁉」

「ええ……？」

アリサは面倒《めんどう》そうに顔をしかめ、しかしマリヤのあまりにも必死な様子に、少し視線を巡らせる。それから、ふと何かを思い付いた顔をすると、口元に意地の悪い笑みを浮かべて政近を見た。

「それじゃあ……あなたが私の選挙戦のパートナーになるって申し出た時、具体的にどういうことを言ったか教えてくれる？」

「な、なにその質問」

「どうしたの？　本物なら分かるはずよね？」

露骨にニヤーッとした笑みを浮かべるアリサに、政近は盛大に頬《ほお》を引き攣らせる。

（ああ、なんとなく覚えてるよ……滅茶苦茶こっぱずかしいこと言ったたってことはな！そのセリフをここで再現しろってか！）

本人確認を口実にひどい羞恥プレイを要求するアリサに、政近は質問の変更を要求しようとして……なんだか瞳をうるうるさせたマリヤがそーっと自分から距離を取っているのを見て、口を噤《つぐ》んだ。そんな「え、違うよね？　ウソだよね？」みたいなすがるような目で見られたら、本能的になんとかしてあげたくなってしまう。

（ハァ……チッ、覚悟決めるか）

こういうのは恥ずかしがったら負けなのだ。むしろ、堂々と言ってしまえば向こうが逆に恥ずかしがるものなのだ。

（言えっつったのはお前なんだからな……後悔すんなよ？　食らえ！）

意を決し、政近は咳払《せきばら》いをひとつして真面目な顔を作ると、真っ正面からアリサを見つめて言った。

「『もうお前を一人にはしない、これからは俺がお前のことを支える』って、言ったよな？」

「……『これ以上お前を一人にはしない』『これからは、俺が隣でお前を支える』だけどね」

「え、あ、はい」

キメ顔で言ったところを、微妙に不満そうな表情で訂正され、政近は真顔になる。そして直後、猛烈な恥ずかしさに襲われて急激に赤面した。

（う、ぇ？　マジで？　え、ナニこいつ一言一句正確に覚えてんの？　恥ずかしいなんてもんじゃないんだけど⁉）

自分の黒歴史語録を、正確に覚えられているという事実。そして、それだけ大事な記憶としてアリサの脳に刻まれているという事実に、政近は脳内で七転八倒する。

「な、なに急に顔赤くしてるのよ……」

睨むような目で言うアリサだったが、どうやら政近に一拍遅れて恥ずかしさが襲い掛かって来たらしく、アリサ自身の頬もうっすらと赤くなっている。そのことを自覚したのか、アリサは早々に視線を切ると、誤魔化すようにマリヤの方を向いた。

「ほら、政近君も本物だって分かったから……もう行くわよ」

取り澄ました表情で素っ気なくそう言うが……マリヤは、先程とは打って変わってほんわかとした笑みを浮かべて小首を傾げる。

「アーリャちゃん、可愛い」

「は、はぁ？　何がよ」

「うんうん、青春ね～……あ、そうだ。じゃあこうしよう？」

そう言うと、マリヤは両手で握っていた政近とアリサの手を引き寄せ、半ば強引に繋がせた。

「はい。仲良しさん同士、手を繋いでいこう？」

「なんでよ！」

「いや、なんか話変わって来てません？」

二人揃ってツッコミを入れつつ、パッとすぐに手を離す。

するとマリヤはほわほわとした笑みを浮かべながら少し眉を下げた。

「も～二人共、恥ずかしがり屋さんなんだから……」

「いや、意味が分からないわ」

「そもそも、マーシャさんが怖いから手を繋ごうって話でしたよね？」

「そうよ～？　だから、二人が手を繋いで？」

「すみません。何が〝だから〟なのかちっとも分からないです」

「接続詞は正しく使いなさいよ」

肝心の理由の部分を綺麗《きれい》にすっ飛ばしたマリヤに、二人の指摘が突き刺さる。しかし、マリヤは逆に不満そうな顔をすると、トトッと政近の反対側に回り込んで政近の左手を握った。

「もう、そんなこと言うならわたしが久世くんと手を繋いじゃうわよ？」

「いやだからなんでそうなる⁉」

「は、話が通じない……」

素っ頓狂な声を上げる政近と、頭が痛そうに額に手を当てるアリサ。しかし、政近の左手を握ってなぜか得意げにしているマリヤを見て、二人同時に理解を放棄。どこか疲れた視線を交わすと、どちらからともなく手を繋ぎ直した。

「ん、それじゃあしゅっぱ～つ！」

それを見て満足げに頷くと、マリヤは上機嫌にピッと前を指差した。……右手で政近の手を握ったまま。

「……」

一瞬、「こっちが繋いだらお前は手ぇ離すんじゃないんかい！」という、片目を見開いた半グレっぽい目でマリヤを見るアリサ。しかし、すぐに無駄だと悟り、溜息ひとつ吐いて前を向いた。

「じゃあ、行きましょうか……さっさと終わらせましょ」

「……お～う」

同じく諦めの境地で、政近は遠い目をしながら歩き始める。右手には少し冷たくほっそりとしたアリサの手。左手には温かくやわらかなマリヤの手。

（ん？　なにこれハーレムかな？　わ〜い、両手に花だ〜我が世の春だ〜）

脳内でアホなことを言いながらも、政近は内心かなり緊張していた。アリサと手を繋いだことは何度かあるが、それだって数えるほどだし、マリヤに至っては初めてだ。それが同時となると、政近はどうしていいのか分からなくなってしまう。腕は振るべきなのか、手汗は出ていないか、歩く速度はこれでいいのか、いやそもそも繋ぎ方はこれで合っているのか。そんな諸々《もろもろ》が無性に気になってしまい、居ても立ってもいられなくなる。

（こ、これはあれだ……もう、さっさと終わらせてしまった方がいいやつだ）

謎に上機嫌なマリヤと、反面少し不機嫌そうなアリサに挟まれながら、政近は早めに調査を終わらせようと決意した。その結果、

「美術室！　異常なし！　次！」

「校舎裏の桜！　咲いてない！　次！」

「雑過ぎない⁉」

ザッと見て十秒足らずで結論を出す政近に、流石にアリサもツッコミを入れる。だが、政近は気にした様子もなく、すまし顔で肩を竦《すく》めた。

「元々異常がないことを確認するための調査だし、別にいいだろ？　ちゃんと証拠写真も撮ったし」

「それは、そうだけど……」

生来の真面目さから、微妙に納得できていない様子で不満そうに口ごもるアリサ。しかし、政近を挟んで反対側にいるマリヤをチラリと見ると、不満の代わりに溜息《ためいき》を吐く。

「マーシャ……いい加減怖がるのやめなさいよ」

「えっ、そ、そんなこと言われても～」

アリサの無茶ぶりに、マリヤは情けない声を上げて肩を縮めた。そして、いよいよ暗くなってきた周囲を怖々と見回し、政近にそっと身を寄せる。アリサがむっと眉を寄せる。

「だって、これから調査するの……すっごく怖かったんだもん。怖がらないなんて無理よぉ～」

詳しい内容を話すことすら憚《はばか》られるのか、マリヤは言葉を濁してますます政近に身を寄せ……密着した。右手で政近の左手を摑《つか》んだまま、左手で政近の前腕をきゅっと摑む。自然、二人の腕は完全に密着し、政近の肘にはマリヤのお胸がドーン。政近の顔はスーン。アリサの眉間はギューン。

「……さっさと行くわよ」

苛立《いらだ》ち混じりにそう言うと、アリサは大股で歩き出しながら政近の手をグイッと引っ張った。しかし、それでもマリヤは政近の右腕にピットリと張り付いたまま離れず、それを肩越しに確認したアリサはますます眉間のしわをきつくする。そのまま、足取り荒く校舎に戻ると、アリサはズンズンと廊下を進み始めた。

「お、おい、もう少しゆっくりだな……」

「なによ。本校舎をぐるっと一周するんでしょ？　早いとこ回った方がいいじゃない」

「まあ、そうだけど……」

前を向いたまま先を急ぐアリサに少し違和感を覚え、政近は恐る恐る問い掛ける。

「……なんか、無理してない？」

「……」

その指摘に、政近の手の中でアリサの手がピクリと動いた。しかし、それでも振り向かないアリサに、マリヤがボソッと呟《つぶや》く。

「アーリャちゃん、強がりさんだから……」

「え、なに？　やっぱり怖がってんの？」

「……別に？」

なんてことなさそうな声でそう言うが、やはり振り向かない。そしていつの間にか、歩く速度は下がっている。追い付き横に並ぶと、アリサは表情を隠すようにふいっと横を向いた。

「……お前、怖いの苦手だっけ？　去年学園祭の準備中に肝試しをやった時は、平気そうにしてたと思うけど……」

「だから、怖がってないって……」

顔を背けたまま頑《かたく》なに否定するアリサだったが、そこで再びマリヤから解説が入る。

「アーリャちゃんはね～ただ脅かされるだけなら平気なんだけど、ストーリーを聞いてしまうとダメなのよね～」

「あぁ……なるほど。お前、自分で勝手に想像を膨らませて怖くなっちゃうタイプか」

政近が納得感のある声を上げると、アリサがじろっとマリヤを睨《にら》み、すぐにまたそっぽを向く。その分かりやすい反応に、政近は「そういうことなら無理ないか」と苦笑した。

と言うのも、七不思議の中でこの《赤い女生徒》だけは、他と比べて明らかに怪談としてのガチ度が高いのだ。それこそ、かの有名な口裂け女やテケテケと同じくらい、詳細な目撃情報が存在しているのだ。

なんでも、その女生徒は放課後の本校舎内に現れる。制服は征嶺学園《せいれいがくえん》のもので、リボンの色は緑。腰まである長い黒髪を持ち、必ず体のどこかから血を流していることから、《赤い女生徒》と呼ばれている。

もし彼女と遭遇しても、怪我《けが》を心配して声を掛けたり肩を貸したりしてはいけない。もしそうしてしまうと、女生徒は「ありがとう、もう大丈夫」と言ってどこへともなく立ち去る。そして、その言葉を掛けられた者は、数日以内に女生徒と同じ場所に怪我を負う。そう、まるで《赤い女生徒》の怪我を、そっくりそのまま移されたかのように……

（なんつーか、怪我するだけで死んだりするわけじゃない、っていうのが妙にリアルなんだよな……しかも数日以内ってのがまた不確定さを増してるっていうか……）

それに、嘘か本当かは不明だが、遭遇してしまった際の対処法も存在するのだ。

まず、決して近付かないこと。そして、速やかに校舎から出ること。一般生徒との見分け方としては、先に挙げた特徴に加えて人感センサーが反応しないという特徴があるので、暗い廊下に佇《たたず》んでいる女生徒がいたら要注意……だ、そうだ。

（ま、これに関しては正直後付け感が強いけど……でも、実際に被害者がいるって言うんだからなぁ）

統也《とうや》が語った、被害者の情報は二件。一件目は昨年の十一月。右脚を怪我した《赤い女生徒》に遭遇した陸上部の男子生徒が、三日後アキレス腱《けん》を切る怪我をした。

二件目は今年の六月。制服のお腹《なか》部分に血をにじませている《赤い女生徒》に遭遇した吹奏楽部の副部長が、五日後盲腸で入院をした。この副部長がかなり人気と人望のある生徒であったために一気に噂が拡散し、図らずも七不思議ブームの火付け役となってしまったらしい。

（つまり……この《赤い女生徒》こそが、この学園の七不思議の起源にして頂点ってわけだな。あ、そう考えるとちょっとカッコイイかも）

厨二病的発想で含み笑いを漏らす政近。九条《くじょう》姉妹と違ってかなり余裕の態度だが、これはシンプルに政近がこの怪談を信じていないからだ。

陸上部がアキレス腱を切るなんて珍しいとは言えないし、盲腸に関しては完全にこじつけだと考えていた。そもそも、どちらも出血を伴っていないのだ。これで「赤い女生徒の怪我を移された」というのは無理がある。

（それこそ、刺し傷や切り傷を負ったって言うんならまだ信憑性《しんぴょうせい》が増すんだけどな～）

そんな自分の見解をかいつまんで二人に話し、政近は肩を竦《すく》めてマリヤの方を見た。

「そもそも、今までの七不思議だって全部デマでしたし。女のすすり泣く声って言うのも結局聞こえなかったんでしょう？」

「う、うん……まあ、そうね」

政近の言う通り、お昼にマリヤ達三人が調べた《部室棟のすすり泣く声》に関しては、小一時間見回っても結局それらしい音が聞こえなかった。そこでやむなく、窓をちょっと開けて風が吹き込む「ヒュオォォ────」という音が正体だと結論付けた……というか、こじつけたのだ。なんだかんだ、今までの六つではっきりと正体が分かったのは体育倉庫の猫だけで、それ以外はデマというのが、今のところの調査結果だ。そうなると、この最後の怪談に関しても学生の創作という線が濃厚だった。

「所詮、七不思議なんてそんなもんですよ。学生がちょっと不思議なことを経験した時に、それを面白おかしく語って尾ひれが付いただけでしょう」

恐怖など微塵《みじん》も感じてない様子で、むしろ小馬鹿にしたように言い切る政近を見て、二人も多少恐怖が薄れたようで。マリヤが少し政近から体を離しながら、ゆっくりと小さく頷《うなず》いた。

「うん……そう言われると、たしかに……」

「でしょう？　そもそも、女生徒ってのがありがちじゃないですか。なんでこういう都市伝説系って、大体が女なんでしょうね？　花子さんしかり、口裂け女しかり、テケテケしかり、八尺様しかり……むしろ、脂ぎったハゲおやじが現れるって方が、斬新で信憑性あるかも」

「それは普通に通報すべきでしょう」

「せやな」

真面目くさった顔で言う政近にアリサがツッコミを入れ、三人の間に少し笑いが漏れる。マリヤも少し表情を緩めながら、少し考える素振りをした。

「でもでも、たしかおじいちゃんの妖怪ならいたわよね？　ええっと……粉ふきじじい？」

「いや、子泣きじじいですから。なんですかその垢嘗めと相性よさそうな妖怪」

「それ、脂ぎってるよりイヤかも……」

マリヤの天然ボケに、三人の間に漂っていた緊張感はほぼ完全に解ける。そうして気付けば、一階から始まった探索は三階廊下の真ん中まで来ていた。弛緩《しかん》した空気の中、三人は適当に教室の中を覗きながら廊下を進み――

「……ん？」

一番端の教室に差し掛かったところで、政近のズボンのポケットが少し温かくなった。まるで、季節外れのカイロでも入っているかのように。

「どうしたの？」

「いや……」

怪訝《けげん》そうに訊《き》いてくるアリサに不明瞭な言葉を返しながら、政近はポケットの中に手を突っ込む。そして、指に触れた熱の発生源を引っ張り出した。

「あら？　それなぁに？」

「いや、更科《さらしな》先輩に借りたんですけど……なんか、熱くなってて……」

それは念のため持っていた、なんか厳《いか》つい名前の黒い数珠。それが、手の中でぼんやりと熱を持っている。まるで何かを、知らせようとしているかのように。

「ちょっと……やめてよ。怖がらせようとして……悪趣味」

「え？　いやいや、そんなつもりじゃ……まあ、これがホラー映画だったら怨霊が近付いてるってパターンだけど……」

むっと眉根を寄せたアリサに弁解しつつ、冗談めかしてそう言った直後……数メートル先の廊下の曲がり角から、手が現れた。

「え——」

角の向こうからぬらりと伸び、壁を掴む妙に生白い手。その手に、三人の視線が吸い寄せられる。

「「「……」」」

三人が声もなく見つめる先で、壁を掴んだ指にググッと力が入る。その瞬間、政近は曲がり角の向こうから、何か恐ろしいものが姿を現すことを直感した。今すぐこの場を離れろと、本能が激しく警鐘を鳴らす。だが、意志に反して脚は動かない。

それはアリサやマリヤも同じようで、二人とも意識的にか無意識にか、政近の腕にぎゅっとしがみつくばかりでその場を一歩も動かなかった。

そして、遂《つい》に壁を掴む手の向こうから……ぬるりとそれが現れた。緑色のリボンをした、征嶺学園の制服。長い黒髪。そしてその黒髪の間から覗《のぞ》く……血に染まった女の顔。

「ひぐっ」

「い、いやっ」

左右で、マリヤとアリサが引《ひ》き攣《つ》った悲鳴を上げる。正直、政近も悲鳴を上げたかった。しかし、両腕に感じる二人の体温が、小刻みに伝わる震えが、一時的に政近の恐れを遠ざけて。自分でも意外なほどに冷静な頭で、政近はこの場をどう切り抜けるか高速思考した。

(三人で逃げる？　いや、アーリャはともかくマーシャさんは走れる気がしない。それどころか腰抜かしそうだ。そもそもこんなのマーシャさんにとってはトラウマなんてもんじゃ――だったら、ここは……っ!!)

瞬時に決断すると、政近は二人の手を振り払い、半笑いを浮かべて駆け出した。前へ、現れた血塗《ちまみ》れの女生徒に向かって。そして震える喉を叱咤《しった》し、おどけた声を絞り出す。

「ちょちょちょちょ、ちょーい！　怖過ぎるって！　誰がそこまでやれといった!?」

その場の緊張感にそぐわぬ、気の抜けた明るい声。それが、背後の二人を一時的に恐怖から解放したのを感じる。

政近の決断……それは、この《赤い女生徒》を、自分が仕込んだドッキリだと思わせるということだった。さも、「ちょっとドッキリをやり過ぎちゃった☆」みたいな感じのテンションで駆けながら、政近は茅咲《ちさき》に借りた数珠をぎゅっと握る。そうして表面上はおどけた態度を貫きつつ、冷徹に思考を研ぎ澄ましていく。必要なのは傷を負う覚悟と、暴力を躊躇《ためら》わない覚悟。それ以外の感情を、意識的に排除する。

（あぁ～これ俺死ぬかも）

他人事のように頭をよぎる直感。死にはせずとも、無事で済む気は全くしなかった。あれが本物であることは、本能的に分かる。一方手元にあるのは、あれに効果があるのかどうかも分からない数珠のみ。あまりにも分が悪い勝負だった。だが、退く道はない。

何しろ、現れた女生徒はよりにもよって顔を怪我しているのだ。もし怪談が事実なら、アリサやマリヤが顔に怪我を負うかもしれない。あの二人の顔が傷物になるなど……二人の友人として、そして一人の男として、断じて許容できなかった。

（とりあえず曲がり角の向こうに押し込んで、この数珠で殴る……もしそれでなんとかならなかったとしても、《赤い女生徒》の被害に遭うのは声掛けた本人だけ。そして、その効果が表れるのは数日後。なら仮に本当に怪我したとしても、夏休み中ならなんとか誤魔化せる）

合宿には、参加できないかもしれないが。だが、二人の心と体を守れるならそれでいい。

（ってわけで……相手してもらおうか！）

そして、いよいよ間合いに入るというところで、政近はどこに攻撃すべきかと女生徒の体に目を向け……ふと、おかしなことに気が付いた。

(ん？　脇腹にも血が……んん？　よく見たら脚も怪我してるし右腕もなんか……って)

怪我、多くない？

そんな疑問が、脳をよぎった刹那。曲がり角の向こうからにゅっと伸びた新たな手が、女生徒の首を背後からガッと摑《つか》んだ。そして、その手の主が苦々しい表情で姿を現す。

「やぁっと捕まえた……っと、久世君？」

「ん、え？」

現れたのは、本来この場にいるはずのない我らが副会長。予想外の人物の登場に、政近は思わずその場で足を止めた。

「あ、マーシャとアーリャちゃんも。お疲れ～」

「え、あ、うん？」

「お、疲れ様です？」

九条姉妹も、立て続けに起こった予想外の事態に、どう反応したらいいのか分からない様子でぎこちなく返事をする。しかし、茅咲は特にそのことを気にした様子もなく、普段となんら変わらぬ調子で続けた。

「な～んか心配になっちゃって、会議が早く終わったんでちょっと寄ってみたんだけど……まっ、とりあえずこいつは任せてくれる？　今度は逃がさないから」

そう言って茅咲がじろっと女生徒に目を向けると、女生徒はビクッと体を跳ねさせた。

その血に染まった目が政近に向けられ、しゃがれ声と共に手が伸ばされる。

「た、助け――」

が、そのままズルズルと茅咲に引きずられ、女生徒は角の向こうへと姿を消した。

「ほ、ほどほどに～」

なんとな～く遠慮がちにそう声を掛け……政近はくいっと首を傾げる。

（えぇっと……なんだ？　あれ？　もしかして、マジもんの怪異ってわけじゃなく……ただ不法侵入して、更科先輩にボコられた生徒だったとか？　いや、どう考えてもそっちの方が現実味あるよな……あの更科先輩が女生徒に手を上げるのかという疑問はさておき）

あるいは政近の関与していない、タチの悪いドッキリだったのかもしれない。《赤い女生徒》のフリをして、誰かを脅かそうとした不届き者……そう考えれば、顔に血のようなものを塗りたくっていたのも、正体を隠すためという風に推測できる。

（うん、なんかそんな気がしてきた。な～んだ、ただの早とちりだったのかぁ～。先走ってシリアスやっちゃって恥っずかしぃ～～ハッハッハ）

茅咲の左拳に、即席グローブよろしくお札が巻かれていた事実から全力で目を逸《そ》らしつつ、政近はそう結論付けた。そして、恥ずかしさとかを誤魔化すように頭を掻《か》く政近の肩を……背後から二つの手が、ガッチリと摑んだ。

「政近君……これは、どういうこと？」

「久世く～ん？　説明してくれるかな？」

背後から聞こえる底冷えする声。ギギッと肩越しに振り向けば、そこには全然笑ってない目で薄ら笑いを浮かべたアリサと、不自然なほどにっこりとした笑みを浮かべたマリヤ。なんだったらさっきの女生徒よりもよっぽど恐ろしい。

「あ、や、えっと……ふ、二人を驚かせるために、ドッキリの用意をしてたんですけど？ちょ〜っとやり過ぎて、更科先輩の教育的指導ぉ〜……みたいな？」

吐いた唾は呑《の》めず、やむなくなんとか辻褄《つじつま》合わせの説明をする政近。途端、アリサの目がすぅっと細められ、マリヤがにこーっと笑みを深めた。ついでに、肩に二人の指がギリギリッと食い込んだ。

「えっと、じゃあその、俺は更科先輩がやり過ぎないよう、ちょっとフォローに行こうかと……」

そう告げるも、二人の拘束は緩まず。この後、めちゃくちゃ説教された。完全に濡れ衣《ぬれぎぬ》なのに。

（フッ、まあいいさ……男気は、見返りを求めないものなのさ……）

二人の前で正座しながら、政近は遠い目で窓の外を見上げる。夜空に輝く夏の大三角形。美少女姉妹と一緒に、こんな美しい星座を正座しながら見られるなんて、今日は——

「ちょっと政近君！　聞いてるの!?」

「久世くん、ちゃんと反省して！」

「……ハイ」

……厄日らしい。現実逃避、よくない。

　後日、生徒会の人脈を利用して七不思議の調査結果が広められたことで、学園の七不思議ブームは一週間と経たない内に下火となった。

　一番話題となっていた《赤い女生徒》の怪談に関しては、半ば以上冗談のつもりで「更科副会長が退治した」ということにしたのだが……生徒達は、割と普通に受け入れた。

「これの方がよっぽど七不思議じゃね？」

「それな」

　その顛末《てんまつ》を見て、そんな風に呟《つぶや》く兄妹がいたとかいなかったとか。

第8話 美女と鈍重

「すすす好きですぅ！　お、おお俺と、つ、付き合ってください！」

その素っ頓狂でつっかえまくった告白（？）を聞いて、茅咲《ちさき》が真っ先に抱いた感想は
「何言ってんだこいつ」であった。

「……」

場所は征嶺学園《せいれいがくえん》高等部、風紀委員会室。椅子に腰掛けた茅咲は、背もたれに背を預けながら腕を組み、目の前の男子をじっと見つめる。

ぱっと見の印象は、典型的な引きこもりオタクといった感じだ。縦にも横にも大きい、鈍重そうな巨体。あまり手入れされていなさそうなぼさぼさの髪に、ニキビが目立つおっさん顔。黒縁眼鏡の奥の瞳は、落ち着きなくあっちこっちに視線を飛ばしており、猫背も相まって非常におどおどとした態度に見える。

（なんか、見たことはあるな……話したことはないはずだけど）

ネクタイの色からしても同級生であることは分かるし、中等部でも見掛けた覚えがある。かと言って同じクラスになったことは一度もないし、言葉を交わしたこともないはずだ。

なのに、なぜこの男はいきなり風紀委員会室を訪ねてきて、あまつさえ告白なんて真似《まね》をしているのか。

（……もしかして、あれ？　罰ゲームってやつ？　いじめ？）

ちょうど、時期は新しい学年になって一カ月が経過する頃。クラスの中でのグループ分けが行われ、教室内のヒエラルキーが確立する時期だ。その結果、いじめの対象となったこの……失礼ながら見るからにカースト下位っぽい男子が、罰ゲーム的な何かで鬼の風紀委員に告白をしに来た、っと……そういうことだろうか。

（ま～たいじめかぁ……中等部であらかた潰したと思ったんだけど）

しかし、高等部からの外部入学生もいるし、その影響はあるのかもしれない。そんなことを考えながら、茅咲は目の前の男子に直球で尋ねた。

「……何かの罰ゲーム？　いじめとかなら相談に乗るけど？」

「へ……」

茅咲の言葉に、目の前の男子は一瞬ぽかんと口を開き……直後、大きく首を横に振った。

「ちち、違います！　そ、そんなんじゃなっ、なくて、俺は、本気で……」

「……ハァ？」

本格的に意味が分からず、茅咲は目を眇《すが》める。茅咲は、自分が一般的に男子にどう思われているのか理解していた。そんなもの、周囲の噂を聞けばすぐ分かる。

曰《いわ》く、風紀委員会室の鬼軍曹。曰く、征嶺学園の女首領《ドンナ》。

男子から向けられる感情はその大半が畏怖であり、茅咲自身その現状に満足していた。男に舐《な》められるくらいなら、怖がられる方が万倍マシ。そう考えているからこそ、自分が男子に好意を抱かれるというのは不可解でしかなかった。

これが、高等部からの外部入学生ならまだ分かる。茅咲自身、自分の容姿が非常に優れていることは理解しているので、顔だけ見て告白してくる人間がいてもおかしくはない。だが、目の前のこの男子は内部進学組だ。

「あんた……名前は？」

「え、あ、剣崎《けんざき》……剣崎、統也《とうや》です」

「あっそ……じゃあ剣崎。あたしのどこが好きだって？」

「えっと、その……」

冷めた目で尋ねる茅咲に、統也は首を縮めて更に猫背になりながら答える。

「強くて、凛々《りり》しくて、かっこよくて……それでいてちゃんと女の子らしいところもあって。自分の心に正直に、堂々と生きてる姿に、心奪われました」

「う、あっ、そ……ぅ」

そのあまりにも正直で直球な好意に、茅咲は虚を衝《つ》かれてうろたえてしまった。実のところ、異性からこんなに真っ直ぐな好意を向けられたのは、茅咲にとっても初めてのことだったのだ。

もちろん、今までも告白を受けたことがないわけではない。でも、それは大体が「お前彼氏いないんだろ？　俺が付き合ってやってもいいぜ？」とか、「気の強い女は好きだぜ？　俺の女になれよ」みたいな、上から目線のもの。常に、茅咲を支配しようとするものだった。無論、そんな勘違い男共は全員燃えるものと燃えないものに分けて身の程を教え込んだのだが、それはそれとして。

とにかく、思いがけず真っ直ぐな想いをぶつけられ……茅咲は、不覚にも動揺してしまった。

「んんッ！」

そして、そんな自分を誤魔化すように咳払《せきばら》いをすると、茅咲はあえて余裕たっぷりに気のない素振りを見せる。

「ま、あんたの気持ちは分かったけど……あたし、あんたのこと全然知らないし？」

「あ、そ、それはもちろん……なので、まずはその、友達からという、ことで……いかがでしょうか？」

途端、尻すぼみに声を小さくし、体も小さくする統也。その卑屈っぽい態度、おどおどとした振る舞いが……かつての自分と重なって妙にイラッとし、茅咲は投げやり気味に口を開いた。

「あたしさ、そもそもはっきりものを言わない男って嫌いなんだよね」

「え、そ……ですか」

「あと、うじうじしてる男も嫌い。弱っちい男も嫌い。っていうか、男ってだけで大体嫌いだから、恋人とかありえないし」

「そ、そこをなんとか……」

あえて思いっ切り突き放したのにも拘《かかわ》らず、おどおどしながらも食い下がって来た統也に、茅咲は意外感を覚える。そして、その眼鏡の奥から向けられる真っ直ぐな瞳に、また少し動揺してしまい……そんな自分を隠すためにパッと顔を背けると、しっしと手を払いながら言った。

「だったら、もっとかっこいい男になってから出直してくれる？　そうだなぁ……それこそ生徒会長とか？　あんたが生徒会長になったら、考えてあげる」

「せ、生徒会長⁉」

「なに、出来ないの？」

自分で言っておきながら、茅咲自身その条件が無理難題であることは重々承知していた。この学園において、生徒会長という地位が持つ価値は驚くほど大きい。それゆえその地位を求める者は後を絶たず、ぽっと出の一般生徒が立候補したところで、選挙にすら辿《たど》り着けずに潰されるのは目に見えている。

だが、別に問題はない。ただの思い付きで口走っただけの条件だが、諦めさせるための口実としては悪くない。と、思ったのだが、

「……分かりました」

「は？」

「では、出直してきます」

これまでと違ってはっきりとした口調でそう言い残すと、統也はシュバッと頭を下げて部屋を出て行った。その後ろ姿をポカンとした表情で見送り……

「え、本気で？」

半ば無意識にそう呟いてから、茅咲は「いや、そんなまさか」と首を左右に振る。

（あたしに靡《なび》く気配がないって察して、テキトーなこと言って退散しただけでしょ）

そう自分に言い聞かせ、茅咲は先程の闖入者《ちんにゅうしゃ》を記憶から消すよう努めた。そう努めている時点で、ある意味相手を意識しているのだという事実には気付かずに。

◇

それから、約一カ月後。

（あの男子、ホントに一切音沙汰なくなったなぁ……あたしのこと、好きって言ったくせに。いや、別にいいんだけど！）

そんなセルフツッコミを脳内で炸裂《さくれつ》させつつ、茅咲は少し悶々《もんもん》とした気分で校内の見回りをしていた。と、そこで近くにあった美術室から男女の密《ひそ》やかな笑い声が聞こえてきて、茅咲は軽く溜息《ためいき》を吐く。こういう富裕層の子女が多く通う名門校でも、結構いるのだ。放課後に、部室や人気のない教室でこっそり逢瀬《おうせ》を楽しむ生徒が。

だが、校内での不純異性交遊は校則違反だ。たとえキス程度であろうが、教師に見つかったらただでは済まない。

（まったく、わざわざ学校でいちゃつくなってーのっ！）

内心でぼやきつつ、茅咲は手に持っていた竹刀を廊下に振り下ろした。

パシーン！　と鋭い音が廊下に響き、美術室から聞こえていた男女の声がピタッと止まる。

「そろそろ閉門時間ですよ！」

大声でそう呼び掛け、茅咲はさっさとその場を立ち去った。本来、不純異性交遊の取り締まりも風紀委員の仕事だが、わざわざ中に踏み込んでまで注意するつもりはない。これで大人しく帰るならよし。帰らないなら、その先はもう自己責任。仮に教師に見付かったところで、茅咲の関与するところではなかった。

「っとにくだらない」

この学園の卒業生や、生徒の保護者には、日本を代表する政治家や実業家が数多くいる。彼らが注目するこの学園で、仮に停学処分など食らおうものならお先は真っ暗だ。誇張でもなんでもなく、その時点で国内の一流企業への道は閉ざされると言っていい。

そんなリスクを冒してまで、一時の熱情に身を任せる者の気が知れない。恋愛に脳を灼《や》かれると、人間はかくも愚かになるのだろうか。そんな風に考えながら、何気なく窓の外に目を向けて……

「ん……？　あれは……」

校門の近くに立つ体操服姿の二人組に、茅咲は目を細めた。窓際に寄って数秒注視し、それが間違いなく生徒会長と副会長であることを認識する。

「？　何やってんの？」

その二人は校門のすぐ外に並んで立ち、茅咲から見て左の方向に向かって手を振ったり声を掛けたりしているようだった。生徒会役員である彼らが、放課後に学校に残っていること自体は不自然じゃない。だが、校門付近で体操服姿で、となると話は変わる。戸惑い気味に様子を見守る茅咲の視線の先で、二人が声を掛けていたらしい人物が姿を現す。

「え……？」

遠目にも疲労困憊《ひろうこんぱい》といった様子でのたのた走って来たのは、つい先程頭に思い浮かべていたあの男子だった。なんだかちょっとシルエットがシュッとした気もするが、あの巨体と猫背は間違いない。彼は、膝に両手をついて全身で呼吸をしながら、先輩二人に労《ねぎら》われるように背中を叩かれている。

「……」

なぜあの男子が、生徒会の二人と一緒に？　答えは分かり切っている。あの男子も、生徒会役員だからだ。と、いうことは……

「本気で……目指すつもりなの？」

思わずこぼれた自分の言葉に、茅咲は即座に首を左右に振る。たとえ、そうであったとしてなんだというのか。あんなその場で思い付いたテキトーな断り文句を、本気にする方がどうかしてる。

(あれは社交辞令みたいなもんでしょ？　本気にするのがおかしいんで……別にあたし、悪くないし)

悪くない。別に悪くないが……少しくらい、気にしてあげてもいいのかもしれない。

若干の後ろめたさからそんな思考が浮かび、茅咲は一階まで下りて自動販売機でスポーツドリンクを買うと、玄関で統也を待つことにした。が、

「剣崎も、だいぶスタミナが付いてきたな」

「うんうん、最近はあまり筋肉痛にもならなくなってきたんじゃない？」

「そう、ですね……一カ月前に比べれば」

統也の声と一緒に聞こえて来た二人分の声に、茅咲はとっさに靴箱の陰に隠れた。いや、冷静に考えれば隠れる必要はないのだが……男嫌いを公言している自分が、男子に話し掛けるというのはかなり恥ずかしいというか、事情が説明しにくいというか……

(こうなったら……やるしかない)

悩んだ末に意を決し、茅咲はその場に竹刀とスポドリを置くと、靴を履き替えて廊下に上がって来た会長と副会長に襲い掛かった。

「え――」

「なん――」

不意打ちで一瞬にして二人の意識を刈り取ると、そっと靴箱に寄り掛からせておく。

「あれ？　先輩？　先ぱ――」

と、そこで背後から統也の声が聞こえ、茅咲が振り向くとちょうど目が合った。

「え、更科《さらしな》さん？　なんで……って、会長と副会長はどうしたんですか⁉」

茅咲の後ろでぐったりと靴箱にもたれかかる二人に、統也はぎょっと目を剝《む》く。しかし、茅咲にそれに構う余裕はなく、平静を装って立ち上がると、すまし顔でスポドリを手に取った。

「久しぶりね」

「え？　あぁはい……お久しぶりです。でもあの、会長と副会長が……」

「生徒会に入ることにしたの？　この二人と一緒にいるってことは」

「ま、まあ……で、あの、そのお二人が、ですね」

「ふ〜ん？　生徒会に、ねぇ」

「な、なんというブレなさ……強過ぎる……好きです」

「は、ハァ⁉」

「あ、いえ、つい」

突然の告白に茅咲が素っ頓狂な声を上げると、統也も動揺した様子で視線を彷徨《さまよ》わせる。そんな反応を見せられては、「からかうな！」と怒ることも出来ず。茅咲はギッと鋭く統也を睨むと、突き放すようにくいっと顎を上げた。

「まさか、この前あたしが言ったこと本気にしてる？　言っとくけど、あれはあんたを突き放すために言ったその場の思い付きだから。だから、生徒会長を目指そうなんて無謀なことを考えてるなら、やめときなさい？」

この際キッパリ言っておこうと、あえて横柄な態度でそう言い放った茅咲だったが……

それに対して返って来たのは、予想外の言葉だった。

「あ、あぁ……いや、まあ、なんとなくそんな気はしてました……」

「え……」

頬《ほお》を掻《か》き、困ったように笑いながらそう言う統也に、茅咲は呆気《あっけ》に取られる。そんな茅咲の方を見るでもなく、統也はゆっくりと続けた。

「まあその……もちろん、少しくらい更科さんに意識してもらいたいなぁって下心は、あるんですが……それを措《お》いても、これはいい機会かなぁって。その、自分が……変わるための」

「……変わる？」

「ま、まあ、自分でも今の自分が男としての魅力に欠ける自覚はあるんで……俺自身、このままじゃダメだとは思ってたというか」

「……なのに、あたしに告白したんだ？」

「う！　いや、その……女性相手には、出来るだけ早く好意を告げた方がいいと……そんな話を小耳に挟みまして、ですね」

「……それは、その時点で既にある程度の関係性があることが前提じゃないの？」

「や、やっぱりそうでしたかね……」

そう言って肩を縮め……ようとして、統也はパッと体を起こす。そして、瞳を小刻みに揺らしながらも真っ直ぐに茅咲を見つめると、少し震えた声ではっきりと告げた。

「でも、後悔はしてないです。おかげでこうして、自分を変えるきっかけをもらえたんで！　だからその、更科さんが気に病むことは、ないっていうか……」

急に尻すぼみに声を小さくし、目を逸《そ》らす統也。その言葉に図星を突かれ、茅咲は大きく目を見開く。

「は、はぁ!?　気に病むとか、そんなんじゃないし！　テキトーなこと言ったのを本気にしたんじゃないかと思って、ちょっと声掛けただけだし！」

「え、それはつまり気に病んでたってことじゃ――」

「はぁ～？　調子に乗んな！　あたしが男のことなんか気にするわけないでしょ！　はいこれ、余ったからあげる！　それじゃ！」

早口でまくし立て、茅咲は持っていたスポドリを統也に押し付けると、竹刀を引っ摑んでその場から駆け出した。

「あ、その、生徒会長と副会長は、って足速――」

統也の声を振り切るように、茅咲は走る。乱れた心を抱えて。

（はぁ？　気に病む？　全っ然違うし！　そう言うんだったら、もう意地でも気にしないから！　あんたがどこで何をやろうと、絶対気にしないから!!）

　まるで意地っ張りな子供のように、内心そう誓う茅咲。その後、茅咲はその誓い通りに、意地でも統也と接触しないように努めた。

「茅咲～今週の見回り、アタシ達は校庭の方だって――」

「あたし、校舎内の担当と代わってもらう」

「え？」

　放課後は、統也が学園の外をランニングしているのだ。そこと鉢合わせるようなことは徹底的に避けた。

「更科、少しいいか？」

「なんですか？」

「ああ、あいさつ運動強化期間のビラ貼りを――」

「それは他の人にお願いします」

「え……ああ、そうか？」

　食い気味にすげなく断られ、風紀委員長が面食らった顔をする。しかし、仕方がないのだ。何しろ最近掲示板には、統也のことを小さく特集した校内新聞が貼ってあるのだから。

　そんな調子で、絶対に統也のことを視界に入れないようにしていても……避けられないイベントというものは、あるもので。

「では続いて、生徒会会計の剣崎統也さんのあいさつです」

一学期終業式の、生徒会役員あいさつ。呼ばれた聞き覚えのある名前に、茅咲は反射的にステージから目を逸らそうとして……舞台袖から出て来た人影に、思わず目を見張った。

「はじめまして、生徒会会計の剣崎統也です」

見違えるとはこのことか。一カ月半前とは、明らかに体形が違う。まだ少し肥満気味ではあるが、鈍重そうな印象は消え、堂々と背筋を伸ばして歩くその姿には、心なしか貫禄《かんろく》すら感じられた。

思わず目を逸らすことも忘れて、まじまじと壇上に立つその姿を見つめる茅咲。その瞬間、統也が真っ直ぐに、茅咲の目を見返した。気のせいではない。それは、統也が語る言葉が証明していた。

「私は来年の生徒会長選挙に立候補するつもりですが、ペアとなる副会長候補はまだいません。しかし、ペアになって欲しい人はいます。いえ、その人以外とペアを組むことは考えられません！」

統也のその宣言に、茅咲の心はこの上なく動揺する。そして同時に、周囲の学生達……特に男子が、異様な盛り上がりを見せた。

「私は……いや、俺は！　その人にペアになってもらえるように、全力を尽くします！」

なんの宣言だ、それは。

どこか呆然《ぼうぜん》とした頭でそう考える茅咲を余所《よそ》に、周囲は壇上の統也に拍手を送る。それに釣られて二、三度拍手をし……茅咲は慌てて手を下ろした。カッと頬が熱を持つのが分かる。それが、反射的に拍手してしまったことによるものなのか、はたまた別の何かによるものなのか……その時の茅咲には、判断がつかなかった。

◇

そして、夏休みが明けて始業式の翌日。いつぞやのように風紀委員会室を訪ねてきた統也に、茅咲は完全に呆気に取られた。

「更科さん！　どうか、俺と一緒に会長選に出馬してください！」

そう言って頭を下げる統也は、もはや四カ月前の彼とは全くの別人だった。全身を覆っていた無駄な脂肪は完全に消え失《う》せ、代わりにしっかりとした筋肉が付いている。髪もキチッと整えられ、こちらを真っ直ぐに見つめる目には自信が宿っていた。

「あ、っと……」

その変わりように思わず言葉を失ってしまい、茅咲は一度咳払《せきばら》いをする。そして、強いて統也にじろりとした目を向けた。

「……なんで？　元々、あたしが言ったのは生徒会長になれって話だったと思うけど？　あたしが一緒に立候補したら、それを手助けすることになっちゃうじゃん」

「それはもちろん分かってます。でも、俺のパートナーは更科さん以外考えられないんです！」

「ぉ、う……」

あまりにもド直球な言葉に、茅咲は思わず目を逸らす。そこへ、統也が更に畳み掛けた。

「もちろん、更科さんの手を借りて当選したところで、そのことを盾に交際を迫るようなことはしません！　ただ……俺はもう、うじうじしてる男でもなければ弱っちい男でもありません。そしてこれからも、更科さんに認められるような男に成長してみせます！　その成長を、近くで見ててもらえませんか？　お願いします！」

「う、うぅ、ん」

なんだかずいぶんと勝手な要求をされているような気がしたが、そのあまりの真っ直ぐさに、茅咲はとっさに断ることが出来ない。そうして、気付けばまた口が勝手に、妙な条件を口走っていた。

「弱っちくないって……そんなの、見ただけじゃ分からないし？　実際に立ち会ってみないと……そうだね。剣道で、あたしから一本取れたら考えてあげる」

言ってしまってから、自分で「何を言っているんだ」と思う。断りたいなら、条件など付けずに普通に断ればよかったのに。こんなことしたら、また……

「……分かりました。放課後、第二剣道場を訪ねます」

予想通り、統也は二秒ほど沈黙しただけでそう宣言すると、頭を下げて部屋を出て行く。その背を見送りつつ、茅咲は「なんで断らなかったのだろう」と悶々《もんもん》と考え続けていた。

◇

「あなたですわね！　お姉様に言い寄る不逞《ふてい》の輩《やから》は！」

「えっ、と……」

放課後、剣道場を訪れた統也は完全に面食らった顔をしていた。もっとも、入って早々に、剣道着を着た縦ロールのお嬢様によく分からない絡まれ方をすれば無理もないだろう。しかも、そのお嬢様の左右には妙に様になった立ち姿（なぜか半身）の三人の女生徒が、ズラッと並んでいるのだ。完全に、待ち構えられていたという雰囲気だった。

「お、お姉様、とは？」

「何を分かり切ったことを……お姉様と言えば、茅咲お姉様を措いて他にいないでしょう！」

「そ、そうなんですか……」

お嬢様の迫力に、統也は気圧《けお》されたように頷《うなず》く。すると、お嬢様は縦ロールをファサッとしながら言った。

「あなたがここに来た理由は分かっていますわ……不遜にも、お姉様に挑むおつもりでしょう？」

「まったく、身の程知らずにもほどがあるわ！」

「困るんだよね。お姉様を軽く見られては」

「男だからって、簡単に勝てると思ったら大間違いよ？」

「いや、そんなこと思ってないし……ってか、なんであなた達はちょっと斜めに立ってるんです？」

「そんなことどうでもいいのですわ！　お姉様に挑みたくば……」

そこで言葉を切り、お嬢様がパチンと指を鳴らす。すると、その右隣の活発そうなツインテールの少女が胸を張って声を上げた。

「新橋菖蒲《しんばしあやめ》！」

続いて、その更に右隣のボーイッシュな女生徒が片目を手で覆いながら口を開く。

「大守桔梗《おおもりききょう》」

更に、反対端の眼鏡女子がくいっと眼鏡を押し上げながら言う。

「倉沢柊《くらさわひいらぎ》」

そして最後に、真ん中のお嬢様が縦ロールをぶわさっとしながら名乗りを上げた。

「桐生院菫《きりゅういんすみれ》。我々、四季姉妹を倒してからにしてもらいましょうか！」

声高らかに告げられた、実に堂々たる宣戦布告。今にも、背後でドバーンと爆発でも起こりそうだ。まるで魔王軍四天王みたいな名乗りを受けた統也は……一歩後ずさると、四人の後ろで頭が痛そうに額を押さえている茅咲に目を向けた。

「あの、更科さん……この、愉快な方々は？」

「……中等部の時の、うちの先鋒《せんぽう》、次鋒《じほう》、中堅、副将」

「……お姉様というのは？」

「いや、違うよ？　血縁関係とか姉妹の契りとか、全くないよ？　そもそも誕生日的に菫はあたしより年上だし、もっと言えば周りに合わせて〝すみれ〟って名乗ってるけど、本当の名前はバイオレ――」

「わたくし達を無視してお姉様に話し掛けるのではありませんわ！」

統也の視線を遮るようにずいっと身を乗り出し、バ……菫嬢が声を上げる。そして、再びパチンと指を鳴らすと、菖蒲と名乗った小柄な少女が一歩前に出た。

「お姉様と戦いたいなら、まずアタシを倒しなさい！」

「え、えぇ……？」

戸惑いに声を揺らしながら、統也は目の前の少女を見下ろす。目算でも、二人の身長差は三十センチ以上。男女の性差を除いても、とても勝負になるとは思えなかった。

「はあ、まあ……やれって言うなら」

それでも、このままでは話が進まなそうなので、立ち合うことにした統也であったが
……

「ふん！　口ほどにもないわね！」

「フッ、一人目で終わりとはね……」

「期待外れね」

「あ〜ら、ただの木偶《でく》の坊《ぼう》ですわね」

瞬殺だった。開始の合図が聞こえた瞬間、視界から相手の姿が消え……直後、首元に抉《えぐ》りこむような突きをぶち込まれ、それで終わった。

「ゴホッ、ガッ、うぇッホ！」

「だ、大丈──」

「お姉様！　情けは無用ですわ！」

「いや、でも流石に──」

うずくまったまま咳《せ》き込む統也に、流石に心配になった茅咲が駆け寄ろうとするが……その前に、菫が立ち塞がる。そして、茅咲を真っ直ぐに見つめながら小声で告げた。

「（覚悟を決めて来た殿方に、女性が同情を寄せるものではありませんわ。憐《あわ》れみを向けるのは、相手の覚悟を甘く見るのと同義です）」

「！」

菫の言葉に、茅咲はハッとする。そうして、茅咲が動けずにいる間に、統也は自力で起き上がると再び竹刀を構えた。

「ゴホッ……もう一本、お願いします！」

「へぇ、まだやる気？　まあいいわ。何度だって叩きのめしてあげるんだから！」

その宣言通り、統也はその後二時間に亘《わた》って菖蒲に地を嘗《な》めさせられることになった。

しかし、統也はその後も挫《くじ》けることなく剣道場に通い、四天の……四季姉妹に勝負を挑み続けた。そうして、着実に全員から一本を奪い……

「ようやく辿《たど》り着きましたよ、更科さん」

統也が茅咲に勝負を挑んだ時には、もう十月になっていた。しかし、だからと言って茅咲が手加減などする理由はなく。

「……また出直してきます」

四季姉妹との戦いで多少は腕を上げたものの、今度はひたすらに茅咲に打ちのめされる日々が続いた。茅咲はその間、統也とロクに言葉も交わさず、ただし立ち合いを拒むこともなく、粛々と統也を打ち倒し続けた。そうして心を自分の奥底に沈めていないと、なんだか不都合な感情が溢《あふ》れ出てしまいそうで。

しかし、ある日不意に。

（あ、テスト前に小手は……勉強も、頑張ってるって……）

統也が面を打とうと腕に力を込めたその一瞬の隙を狙い、ガラ空きの小手に竹刀を打ち込もうとして……ふと、そんな思考が脳裏をよぎった。そして、その一瞬の逡巡《しゅんじゅん》が手先を狂わせ、茅咲の小手は空を切る。そこへすかさず、統也の竹刀が振り下ろされ……

パン
茅咲の頭部に、軽い衝撃が走った。軽い……一本と判定されるには、あまりに軽過ぎる衝撃が。

「……は？」

手加減された。その認識が脳に染み渡った瞬間、茅咲の抑え込んでいた感情が激発した。

「はぁぁぁ～～～!?」

屈辱と憤怒がない交ぜになった声を上げながら、茅咲は面に当たっている竹刀を引《ひ》っ摑《つか》むと力任せに奪い取り、それを統也に投げつける。

「どういうつもり!?」

怒りも露《あら》わに面金越しに統也を睨むと、竹刀を抱き締めるようにしてキャッチした統也が慌てた声を上げた。

「あ、や、ごめん！　手加減とか失礼なことは分かってるんだけど、好きな女の子を思いっ切り叩くと思ったら体が勝手に……」

「な、ん……！」

その言葉に、茅咲は言葉を失い……ギリリッと歯軋《はぎし》りをしてから、いろんなものを吐き出すように叫ぶ。

「あぁ～っ、もう！　もういい！　あたしの反則負け！　会長選挙!?　ああ、いいわよ。出てやるわよ！」

「え、あ……や、やったぁ！」

一瞬の戸惑いの後、子供のように両手を上げる統也。その様子を憤然と息を吐きながら見ていると、審判を務めていた菫が声を掛けてくる。

「お姉様、よろしいんですの？」

「……まあ、いいんじゃない？」

面を着けているのでそうそう顔は見えないはずだが、茅咲はなんとなく顔を背けてそう言った。

「まあ所詮、一緒に立候補するだけだし？　付き合うとかは、また別の話だから」

早口にそう続けながら、茅咲は自分でも言い訳がましいことを言っているという自覚を持っていた。

「やったぞぉぉぉぉうおおぉぉぉ────!!」

防具を着けたまま、まるでオリンピックで金メダルでも獲《と》ったのかと思うほど激しくガッツポーズをする統也。その姿を横目で見ながら、茅咲はそう遠くない未来、自分が統也の当選を心から望むようになることを予感していた……

◇

「それでね？　それからの統也がまたかっこよくって……」

「う、うん、それはよかったね……」

場所は、更科本家が所有する道場内にある、大闘技場。その観客席で、茅咲は久しぶりに会う従妹《いとこ》相手にここぞとばかりに惚気《のろけ》話をしていた。しかし、その相手となっている従妹の表情は引き攣っている。と、いうのも……

「あのね？　茅咲お姉ちゃん。そのかっこいい彼氏が、現在進行形で割と殺されそうなんだけど？」

「も～何言ってんの？　あたしに勝った統也が、そう簡単に負けるわけないじゃ～ん」

「いや、勝ったって言ったたって、それ茅咲お姉ちゃんの反則負けでしょ……？　しかも、この試合は徒手格闘だし」

従妹が心配そうに視線を送る先には、闘技場の中央で明らかに表情を引き攣《ひ》らせている統也の姿。その正面では、統也よりも更に大柄で筋骨隆々の男が、ギラギラと血に飢えた目で統也を見下ろしていた。

「あの対戦相手、だいぶ前に茅咲お姉ちゃんがこっぴどくフッたうちの門下生だよね？　なんかもう、半端じゃなく殺意が漏れてるんだけど」

「そうだっけ？　覚えてないや。統也ぁ～頑張って～！」

サラッとむごいことを言いながら、茅咲は無邪気に統也に歓声を送る。それを受けて統也が引き攣った笑みで右腕を上げ、その正面の対戦相手が更に殺意を漲《みなぎ》らせた。

「や、やっぱりアマチュア部門とはいえ、素人が武闘祭に出るのは無理があったんじゃ……ね、ねえ、今からでも止めた方がいいんじゃない？」

「え～？　でも、統也はやる気みたいだけど？」

「そりゃ彼女にあんな声援送られたら、男としてはやらざるを得ないでしょ⁉」

「ね～、男らしくてかっこいいよね～？」

「ああもうこのお花畑脳！」

従妹の心配を余所《よそ》に、立会人が試合の開始を宣言して。その結果は……まあ、統也が倒れる時は、前のめりだったとだけ言っておく。あと、その対戦相手は、試合後に乱入した茅咲の手によって闘技場の片隅に植えられた。

第9話　溺愛と俺様

「お兄ちゃんにも、催眠術って効くんかな？」

それは、夏休みのある日。自室のベッドに腰掛け、催眠術の本を手にした有希《ゆき》が、ふと呟いた言葉だった。

その本のタイトルは、『誰でも出来る催眠術入門　～今日から君も催眠術師だ！～』。以前、生徒会室で事件を起こした曰《いわ》く付きの本だ。あの悲しい事件があってから、この本に記された催眠術は永久封印すると、兄政近《まさちか》と約束した有希だが……こ～んな面白いものを、有希がたった一度の失敗で手放すわけがなかった。件の本を自費で購入し、それ以来綾乃《あやの》を実験台に様々な催眠術を試してきたのだが……元より忠誠度ＭＡＸで催眠術なんてなくても絶対服従な綾乃では、サンプルとして適当と言えず。「誰か他の人で試したいな～でも友達相手だと失敗した時がな～」なんて考えていた時に、パッと思い浮かんだのが政近だったのだ。

「ね、どう思う？」

「にゃうん？」

有希の問い掛けに、そのふとももに頭を乗せて丸くなっていた綾乃が顔を上げる。有希の顔を不思議そうな目で見つめ、起き上がった際に目に掛かった前髪を、丸めた右手でくしくし。

「あぁ……」

気のない声を漏らし、有希が両手を持ち上げてパンと打ち鳴らそうと……して、ピタリと動きを止める。そして、ベッドに女の子座りする綾乃をまじまじと見つめると、おもむろにその胸を揉《も》んだ。

「む、むむ？　これは……少し育っている？」

小首を傾げ、不思議そうに見下ろす綾乃の視線を華麗にスルーし、有希は真剣な表情で胸を揉む。

「お、おお？　おぉ〜〜結構持ち上がる……」

綾乃の胸を下から押し上げ、なんだか感心したような声を上げる有希。その後、数分間に亘って綾乃の胸を堪能してから、有希は満足げにパンと手を打った。

すると、一瞬綾乃の動きがピタリと止まる。そしてゆっくりと瞬《まばた》きをしてから、コテンと首を傾げた。

「……成功しましたか？」

「うん、対象者のケモ化も問題なくせいこ〜……で、これお兄ちゃんにも通用すると思う？」

「政近様に、ですか？　……難しいのではないでしょうか？」

催眠術で猫にされていたというのに、特に気にした様子もなく小首を傾げる綾乃。それに、有希は肩を竦める。

「だよね～。催眠術師は催眠耐性を取得してるってのが通説だし……っと、そろそろバイオリンの時間だね～」

そう言ってベッドから立ち上がると、有希は習い事の準備を始めた。その手伝いをしながら、綾乃は何かを決意したようにきゅっと唇を引き結んだ。

◇

数日後、久世《くぜ》宅に遊びに行こうと準備をする有希に、綾乃が声を掛けた。

「有希様」

「ん？」

「例の催眠術の件ですが……いくつか助けになりそうなものをご用意いたしました」

「え？　催眠術……？　……ああ！　お兄ちゃんに掛けるってあれ！　わざわざ何か用意してくれたの？」

「はい。政近様を相手に催眠術を掛けようとするなら、何か補助する道具が必要かと思いまして」

「あ～強化アイテム？　それはたしかにね～」

「いろいろと調べまして……まず、こちらなんですが」

そう言って、綾乃はメイド服のポケットから濃いピンク色のキャンドルを取り出した。

「精神をリラックスさせ、催眠術が掛かりやすい状態にするアロマキャンドルだそうです」

「エロ同人で見るやつじゃん」

「それから……こちら」

綾乃がスマホを操作し、それを有希に差し出す。その画面には、大きな目を囲むように波状のエフェクトが描かれた怪しい画像が表示されていた。

「……なにこれ」

「催眠アプリだそうです」

「エロ同人で見るやつじゃん！」

同じツッコミを繰り返す有希に、続いて綾乃が取り出したのは……何やらごっつい首輪。

「……なにそれ」

「装着した相手に服従を強要する首輪だそうです」

「異世界ファンタジーで見るやつじゃん！　ってか、そんなもんお兄ちゃんに着ける気⁉」

「いえ、これはわたくしに着けていただければと……」

「必要ないでしょ」

「そう、ですか……」

「おい残念そうにすんな？」

　頭が痛そうに額に手を当てながら、有希はその妙にガッチリとした首輪に目を向ける。その首輪には色とりどりのパワーストーンっぽいものが複数付けられており、ただのジョークグッズとは思えない異様な存在感を放っていた。

「そもそも……そんな怪しいブツどこで手に入れたの？」

「それは……その、この前買い物に出掛けた時に、フードをかぶった露店商に声を掛けられまして……特に要望を伝えたわけでもないのにこれを渡されて、お代はいらないと……」

「おっとぉ？　異世界ファンタジーではなく現代オカルトだったか。それ絶対使わないでよ？　その流れ、なんだかんだで使った人が破滅して、その露店商が『人間は愚かだねぇ……』とか言って笑うやつだから」

「はあ……？」

「え、ちょっと待って。まさかそのアロマキャンドルも？」

「こちらは百均です」

「マジかよ。なんでも置いてるな百均」

「二百円でしたが……」

「ちょっと高いんかい。なんでや」

　一通りツッコミを入れてから、有希は綾乃が心なしかシュンとしていることに気付いた。

（あ……ちょっと言い過ぎたか。あたしのために探してくれたのに……）

内心そう反省し、有希は軽く咳払《せきばら》いをすると、キャンドルの方に目を向けて口を開く。

「まあ、でもその……試しに使ってみよっか？　そのキャンドルとアプリ……」

「！　はい、是非！」

「うん、いろいろと探してくれてありがとう」

「いえ、この程度大したことではございません」

途端に嬉《うれ》しそうにする従者に笑みを漏らしつつ、有希は内心「紐《ひも》を付けた五円玉の方がまだ効くと思うけど……」と苦笑を浮かべていた。

◇

「そんな風に考えていた時期が、あたしにもありました」

そう呟《つぶや》く有希の視線の先には、虚《うつ》ろな目でベッドに腰掛ける政近の姿。昨夜、「睡眠の質を向上させるアロマ」と称して例のアロマキャンドルを渡し、一晩掛けてたっぷりと煙を吸わせてから寝起きのぼーっとしてるところに催眠アプリを使ったのだが……思いも掛けず、催眠導入に成功してしまったのだ。

「マジかよ……」

「おめでとうございます。成功ですね」

「あ、うん……えっと、とりあえず換気しよっか？」

「畏《かしこ》まりました」

メイドモードの綾乃が窓を開け、リビングへと繋《つな》がるドアも開けると、熱気を孕《はら》んだ空気が部屋の中を通り抜けて、室内の妙に甘ったるい空気が薄まる。しかし、それでも政近が正気に戻る様子はない。虚ろな表情のまま、ただ床の一点をぼーっと見つめていた。

「……どうしよう」

まさか掛かるとは思っていなかったので、ここからどうするか全く考えていなかった。だが、綾乃の協力を得ておいて「掛かるのは分かったからもういいや」で終わらせるのは忍びない。

「んん～～……」

しばし考えてから、有希は「あ」と何か思い付いた顔をし、スマホを操作した。そして、催眠アプリを開いた画面を政近に見せながら、暗示を掛ける。

「あなたは溺愛系イケメンになります。自分の溢《あふ》れる愛情を、抑えられなくなってしまいます」

そう言ってから画面をタップすると、ヒュウゥ～～ンという奇妙な音がスマホから発せられ、政近がビクンと体を跳ねさせた。そして、その目の焦点が徐々に合ってくると……

急に、有希に向かって甘い笑みを浮かべた。

「やあ有希……今日も可愛いね」

「うわっ気持ち悪っ」

思わずといった調子で、とっさに辛辣な感想を口走る有希。そんなドン引きした妹の様子を気にした風もなく、政近は続いて綾乃に目を向ける。

「綾乃も、とっても可愛いよ」

「あ、ありがとうございます？」

「ふふっ、どうしたんだい？　そんな不思議そうな……おや？」

そこで、ふと何かに気付いた政近がベッドから立ち上がると、綾乃の黒髪にそっと手を伸ばした。

「ほら、糸くずが付いてたよ？」

「あ、も、申し訳ありません！　お恥《は》ずかしい……」

目尻を赤くして首を縮める綾乃の頬《ほお》に、政近がそっと右手を添える。そして、優しく上を向かせると、心底愛《いと》おしそうな笑みで甘く囁《ささや》いた。

「気にすることないよ？　それだけ一生懸命働いてくれてるってことなんだから……むしろ綾乃は、もう少し気を抜いてもいいくらいじゃないかな？」

「い、いえ、そのような、ことは……」

「そうかい？　綾乃は頑張り屋さんだね……いつもありがとう。愛しているよ」

優しく頬を撫《な》でながらの愛の告白に、綾乃は零《こぼ》れ落ちんばかりに目を見開き……

「ふし～～……」

「あ、綾乃ぉ！」

「おっと」

目を回しながら膝を砕けさせた綾乃を、政近が素早く支える。そして、ひょいっとお姫様抱っこすると、優しくベッドに寝かせて頭を撫でた。

「ふふっ、可愛いなぁ綾乃は」

そう言うと、政近は同意を求めるように有希を振り向く。が、それに対して有希はバッと身構えた。腰を落とし、両手を胸の前で構えた有希に、政近が甘い笑みを浮かべながら近付く。

「お、おう、なんだ？　やろうってのか？　あたしがガチ告白くらいでビビると思ったら大間違いだぜ？　ええ、わたしをビビらせたら大したもんですよ。オレは綾乃と違ってそんな、あ、ちょ――」

――五分後。

「愛してる……この世の誰よりも一番愛してるよ、有希」

「おひょひょひょひょ！　やっばいなにこれ！　変な声出ちゃうううう――――！」

そこには、胡坐《あぐら》をかいた政近の脚の上に座らされ、背後から抱き締められながら愛を囁かれている有希の姿があった。お腹《なか》を優しく抱き締められ、髪や頰を撫でられながら耳元で延々囁かれる甘い言葉。それに堪《たま》らず、奇声を上げながら見悶《みもだ》える有希。

最初は違和感しかなかった溺愛イケメンな政近だが、こうもなんの恥じらいもなく堂々とイケメンムーブをされると、なんだか一周回ってありになってしまっていた。やはり、恥ずかしがったら負けというのは真理らしい。

「どうしたんだい？　そんなに暴れて……恥ずかしがってるのかな？」

「ふへぁ、あ、あの～耳元で囁くのやめてくれません？　すっごい背筋がゾクゾクするっていうか……」

「そう？　じゃあ……こっちを見て？　有希の可愛い顔を見ながら、お話がしたいな」

「いやぁムリムリ！　今あたし変な顔になってるからぁぁ――!!」

両手両足を前に伸ばし、じたばたじたばた。しかし、その程度で政近の腕から逃れることは出来ない。

というか、手つきは優しいのに異様にホールドが強い。断じて逃がしはしないという強固な意志を感じる。

「く、くくっ、やるじゃねぇか。ここまであたしを照れさせるとはなぁ……」

「ふふっ、そうかい？　有希のこんな可愛い姿が見られるなら、何度だって素直に愛を伝えるよ？　ボクは、有希のことを世界で一番愛しているからね」

「ふやぁ、む、むぐぐぅ、調子に乗るなよお兄ちゃん。あたしがやられっぱなしだと思ったら大間違いだぜ？」

口元に精一杯の不敵な笑みを浮かべ、有希は政近の腕の中でバッと両腕を交差させた。

「行くぜお兄ちゃん！　目には目を！　歯には歯を！　催眠には催眠を！　この前習得した、あたしの新たなニューモードでお相手するぜ！」

〝新たな〟と〝ニュー〟が被ってる辺り全然動揺を抑えられていないのだが、有希は構わず、ググッと体を丸めてオーラ的な何かを高めてから、ズビシッと右腕を空に突き上げる。

「行くぜ！　発動！　天使モ────」

「そんなことしなくても、有希はいつだってボクの天使だよ？」

「ォうぇいぁ」

政近、あろうことか禁断の変身潰しである。溺愛モードの政近は、親切に変身シーンを待ってはくれなかった。モードチェンジに失敗し、せっかく高めたオーラ的な何かを無駄に霧散させた挙句に硬直する有希。そんな有希を心底愛おしそうに抱きすくめ、政近は有希の肩に顎を乗せる。

「誰よりも家族を愛し、いつだって家族のために頑張ってるボクの天使……有希みたいな妹を持てて、ボクは本当に幸せだよ」

「お、おぅ……」

硬直中の容赦ない殺し文句に、有希は冗談も言えずにマジ照れした。その時、真顔で赤面する有希の背後で、微かに声が上がる。

「う、うぅ……ん」

「あ、綾乃！　目が覚めた⁉　ちょっと、助けて！」

ベッドの上で体を起こした綾乃を、政近の肩越しに見上げ、有希は助けを求めた。しかし、綾乃は同じように自分の方を見上げてきた政近の視線に、激しく視線を泳がせ……

「あ、そ、そうです。朝ごはんの用意が途中でした……」

早口でそう言うと、主人の救助要請を無視して部屋を出て行ってしまった。

「あ、綾乃ぉ！　裏切者ぉ～！」

「こらこら、そんなことを言っちゃいけないよ？　ボク達は家族なんだから、ね？」

「だから耳元で囁くなぁ！」

むにゃぁ～っと猫のようにじたばた暴れ、有希はハッとした表情で声を上げる。

「あ、と、トイレ！　トイレ行きたい！」

「ん？　そうかい？　じゃあ、はい」

有希の苦し紛れの言葉に、しかし政近はあっさりと有希を解放した。即座に立ち上がり、すたこらとトイレに駆け込むと、有希はバハッと大きく息を吐く。

「やっべぇ……マジやべぇ」

羞恥心を失った兄のデロデロな甘さに、有希をして動揺を隠せなかった。アイドルのイメージビデオにあるような、ただイケメンが甘い言葉を囁いてくるのとは訳が違う。何しろ、今の政近の言動は……紛れもない、政近の本心が露呈したものだからだ。他ならぬ有希自身が、「自分の溢れる愛情を、抑えられなくなってしまいます」と催眠を掛けたのだから間違いない。

「い、いやぁ～マジかよぉ～。お兄ちゃん、あたしのこと好き過ぎだろぉ～」

茶化すように言いながら、有希は両手で頬を押さえて体をくねらせる。そうしなければ、全身を襲うむずがゆさにどうにかなってしまいそうだった。

「くそぅ、くそぉ……お兄ちゃんは可愛いなぁ」

トイレの中でひとしきり悶え、多少落ち着いてから、有希はリビングに戻る。戻って……

「綾乃の料理してる姿はいいね……手際がよくて、見惚《みと》れてしまうよ」

「あ、う……」

「なにしとんぞオメェ！　新婚か！」

キッチンに立つ綾乃を背後から抱き締め、甘い言葉を囁いている兄に全力ツッコミした。

しかし、兄の矛先が再び自分に向かうかと思うと、おいそれと踏み込むことも出来ない。

キッチンの入り口で歯噛《はが》みし、足踏みする有希。一方、今まさに政近の溺愛に晒されている綾乃は、生卵を手に持った状態で完全に固まっていた。無表情のまま目がぐるぐるし、顔がじわじわと赤くなり始めている。

「新婚、か……ふふっ、綾乃と結婚できる人は幸せだね。こんなに可愛くって優しくて、家事だって完璧なんだから」

「あ、あわ、あわわわわわ……」

甘い褒め言葉に、綾乃の口からちょっと聞いたことない震え声が漏れ、卵を持つ手が激しく震え始めた。今にも手の中からすっぽ抜けそうな生卵に危機感を抱いたのか、綾乃が音程のぶれまくった声を上げる。

「まま、政近様！　いけません！　卵が、卵が出てしまいます！」

「うん？　ああ……ダメだよ、危ないから。ほら、ちゃんと握って？」

そう言うと、政近は左手を綾乃のお腹に回したまま、右手で卵を持つ綾乃の手をそっと握った。途端、綾乃がブルルッと一際激しく体を震わせ、ますます危機感に満ちた声を上げる。

「イケません！　卵が出てしまいます！　わたくしの卵が――」

「お兄ちゃんの子供産む準備始めてんじゃやねぇ!!」

流石に堪らずキッチンに踏み込むと、有希は綾乃から政近を引き剝がした。

「ほら！　お兄ちゃんはテレビでも観てて！　料理の邪魔しない！」

そうして強引に政近をキッチンから追い出すと、卵を持った手だけキッチン台に置いたまま、その場にへたり込んでしまった綾乃を振り返る。

「……で？　料理は出来そう？」

「は、はぃ……」

「意味深にお腹を撫でるな」

上気した頬で下腹部を撫でる綾乃に、有希はジト目でツッコむのだった。

◇

「……う〜ん」

朝食を終え、のんびりとテレビを観ている政近を見て、有希は首をひねる。

「？　どうしたんだい？　有希」

「飽きた」

「？」

甘い笑みを浮かべて小首を傾げる政近に、有希は渋い顔のままはっきりと言った。

兄を催眠術で溺愛系イケメンにしてから、かれこれ一時間半。流石にもうその甘い言動にも慣れてきた。というか、はっきり言ってだんだん鬱陶しくなってきていた。

朝食を食べている最中も、あ〜んしようとするわ口元を布巾で拭こうとするわ、いい加減お腹いっぱいである。食事とは別の意味で。

（ってか、全然催眠解けないな？　もうちょっとしっかり換気した方がよかったかなぁ……）

今日は朝から暑かったので、十分ほど換気してから窓を全部閉めてエアコンをつけたのだが、どうもまだ気化したアロマが残っているらしい。政近の催眠状態は、一向に解ける様子がなかった。

「ん〜……そろそろ別の催眠掛けるかぁ」

そう独り言ちながらスマホをいじり出すと、テーブルを回り込んだ政近が背後から抱き着いてくる。

「何をしてるの？　新しいゲームかな？」

「うんうんそうだね～。はい、これ見て」

「ん？　なに、を……」

兄の問い掛けをサラッと受け流し、有希は肩越しにスマホの画面を見せた。すると、政近の声がスーッとフェードし、瞬《まばた》きもせずに画面に見入り始める。再び催眠導入の状態になった政近に、有希は次なる暗示を掛けた。

「あなたは俺様系イケメンになります。あなたはいつだって自信満々、傲岸不遜。でも大丈夫、あなたの周りの人はみ～んなあなたのことが好きですから～」

かなりテキトーにそう言ってから画面をタップすると、ヒュウゥ～～ンという奇妙な音がスマホから発せられ、政近の腕がピクッと震える。そして、その目の焦点が徐々に合い……急にクッと顎を上げると、不敵な笑みを浮かべて有希を見下ろした。

「おいおい、このオレに抱き締められてるってのに、スマホに夢中か？　いい度胸だな……」

「うっわやっば」

傲慢に笑いながら顎クイをかましてくる兄に、有希は真顔でド正直な感想を漏らす。先程の溺愛系と違い、この俺様系は有希的にマジでなかった。もうスーンだった。なんだったら軽くイラッとした。

「どうした？　オレが綾乃に構い過ぎて、拗《す》ねちまったのか？」

「キッツ」

俺様になった兄のあまりのアレさに、有希は思わずスマホを構える。そうして動画撮影を開始すると、体を起こした政近が、ふんぞり返りながらグッと前髪を掻《か》き上げた。

「おいおい急にどうした？　オレのことを撮りたくなる気持ちは分かるが……どうせ撮るなら、もう少しオシャレしてる時にしてくれないか？」

そう言いながらも、政近は胸元のボタンをひとつ外し、ドッカと椅子に座ると、スマホのレンズに向かって悩ましげな流し目を向けて来る。

「やべ～……っていうか、お兄ちゃんの中の俺様キャラ、なんかキャラがぼわっとしてない？　これ、正気に戻った時に見たらどうなんだろ」

溺愛系になった兄に散々照れさせられた報復としてそんなことを考え、意地悪な笑みを浮かべる有希。そもそもの原因は有希なので、完全に逆恨みなのだが。有希は不都合な真実から迷いなく目を逸らした。

そのまま、ナルシスト丸出しで〝ただしイケメンに限る〟なポーズを次々に取る兄を撮影すること十分ちょっと。不意にインターホンが軽やかな音を鳴らし、有希は顔を上げる。同時に、普段ならすぐに応対に立つはずの綾乃が動かないことに、少し違和感を覚えた。

「？　綾乃？」

パッと横を見れば、そこには何やらぼーっとした様子で椅子に腰掛ける綾乃の姿。例によって空気になってるだけかと思いきや、どうやら未《いま》だに政近の溺愛攻勢から立ち直れていなかったらしい。やむなく、有希はスマホを置いて席を立つと、応対に向かった。

「はいはい、どなたですかっ、と……？」

どうせ宅配便か何かだろうと思ってディスプレイを覗き……そこに銀髪の少女が映っていることに気付いて、有希はピタッと固まる。

「……え？」

兄から、今日アリサが来るという話は聞いていない。伝え忘れ？　ありえない。そもそも昨日はアリサとの勉強会があるということで、アリサが帰った後を狙ってお泊りに来たのだ。二日連続で来る予定があるなら、政近がそのことを忘れるはずがない。となれば、これはアリサの電撃訪問ということになるが……現在時刻は午前十時半。友人宅を訪れるにはいささか早過ぎる時間だった。

（え、アーリャさん？　え、なんで？）

完全に予想外の事態に、インターホンの前で固まる有希。その背後に、スッと政近が立つ。そして、有希の肩越しに手を伸ばすと、止める間もなく応答ボタンを押してしまった。

「どうした？　アーリャ」

『あ、政近君？　急にごめんなさい。昨日、あなたの家にスマホを忘れてしまったみたいで……』

聞こえてきたアリサの用向きに、有希は納得する。納得すると同時に……思った。

（スマホ取りに来ただけって割には、ずいぶん気合の入った服装ですね）

同じ女子の目から見て、アリサの服装は明らかにキメて来ていた。ただ普段からオシャレなだけと言ってしまえばそれまでだが、なんとな〜くそれだけではない匂いがする。

「いいぜ、上がって来いよ」

『？　ええ』

「!?」

ディスプレイに映るアリサを生ぬる〜い目で見ている間に、なんと政近がエントランスを開けてアリサを招き入れてしまった。そのしゃべり方に何か違和感を覚えたらしいアリサも、特に何も言うことなくマンション内に入って来る。

「いや、マズいでしょ」

真顔でそう呟き、有希は猛烈な勢いで頭を回転させた。何がマズいって、まず今の政近が催眠によって正気じゃないことだ。それに、自分と綾乃がこんな早い時間から久世宅にいることも結構マズい。おまけに今の綾乃はメイド姿で、自分はくつろぎ切ったゴリゴリの部屋着姿。

（そうだよ！　この格好絶対ヤバいじゃん！）

瞬間的にそう思い、まずは着替えなければと……考えたのも束の間《つかま》、政近が玄関に向かい始め、有希は足を止める。

「〜〜っ、まずは催眠解除！」

一秒だけ悩んで、有希はスマホに飛びついた。

「綾乃！　お兄ちゃんを止め……いや、あたしと自分の靴を隠して！」

「……はい」

綾乃を玄関に向かわせ、有希はスマホを起動させる。

（とりあえずあたしと綾乃の靴だけ隠して、あとは正気に戻ったお兄ちゃんに玄関先で応対してもらえれば……）

高速で今後のプランを練りつつ、有希は催眠アプリを起動させ、起動させ……

「……って、催眠解除どこよ!?」

肝心の解除方法が分からず、苛立《いらだ》ち混じりの叫びを上げた。もうこうなったら、駄目元でいつもの催眠解除を試すしかない……と、足を踏み出したところで玄関のチャイムが鳴り、有希は固まる。

「よぉ、来たか」

しかも続いて、玄関ドアを開ける音とアリサを出迎える政近の声まで聞こえてきてしまう。最悪の事態に、有希はギリッと奥歯を噛《か》み締《し》め……

（〜〜〜〜まずは変装が先！）

ポニーテールを解きながらダッシュで自分の部屋に向かうと、全速で余所《よそ》行きの服に着替えた。そして、淑《しと》やかな笑みを浮かべて玄関に向かい……視界に入った光景に完全に硬直する。

そこには、玄関ドアを背後に政近に壁ドン&顎クイされてるアリサの姿。そしてその光景を、特に隠れようとする素振りも見せずに眺める綾乃の姿。

「いや、ちょちょちょ……」

なぜか棒立ち状態の綾乃の横をすり抜け、有希が割り込みを掛けようとしたところで。

政近が、野獣のような笑みでアリサに告げた。

「オレの子を産んでくれ」

「いやこの前乙女ゲーアプリの広告で見たセリフ」

「……ハイ」

「どぅオえぇ⁉　ハイって言っちゃったぁ⁉」

政近の俺様極まるセリフに真顔でツッコんだ直後、まさかのアリサの了承にひっくり返りそうになる。そして、零《こぼ》れ落ちんばかりに見開いた目でアリサの顔を見て……ぼんやりと虚《うつ》ろな表情をしていることに気付き、有希は事態を把握した。

「しまった！　この人催眠耐性ゼロだった！」

恐らく、家の中に残留した催眠アロマにやられたのだろう。にしても、この玄関付近にはほとんど流れてきていないと思うのだが……どれだけ催眠術に弱い体質なのか。あるいは、政近に催眠術を掛けられるのがなんだか癖になってたりするのか。

そんな風に考察している間に、政近はアリサの腰を抱いてこちらに歩いてくる。アリサもまた、ぼんやりとした表情で政近の腕に身を任せていた。

「え、いや……ちょ待てよ」

そのまま普通に有希の横をすり抜けてリビングへ向かおうとする政近の肩を摑み、有希は真顔で止める。すると、政近はチラリと視線を寄越《よこ》し、微苦笑を浮かべて諭すように言った。

「有希……空気を読めよ。な？」

「ナニする気だテメェェ━━━!!」

悲鳴混じりの絶叫を上げ、有希はとっさに拳を振りかぶる。そのまま真横から容赦なく政近の顎を打ち抜き、行動不能にしようと試みる。が、寸前で手首を摑まれ、止められた。

「危ねぇなぁ、聞き分けのないガキは嫌いだぜ？」

「うるせぇ正気に戻れこのクソチート！　綾乃！　おに、政近君を……………綾乃？」

棒立ちになっていた綾乃が政近の前に進み出たのを見て、協力を要請しようとする。が、その瞳を見て、有希は猛烈に嫌な予感がした。

「政近様……はい。政近様のお子を、産みます……」

「お前もかッッ!!」

なんだかずっとぼんやりしてると思ったら、どうやらじわじわアロマが効いていたらしい。どうしてそうなったかと言えば……

（あたしのせいなんでしょうねぇ！）

散々催眠術の実験台にして、綾乃の耐性をガバにしたのは他ならぬ有希だ。内心頭を抱えつつも、綾乃が政近に体を預けようとするのを見て、慌てて命令を出す。

「綾乃！　お座り！」

「チクショウ止まらねぇ！　これが才能の差か⁉」

「……」

やけくそ気味に叫びながら政近の手を振り払うと、有希は両手を広げて政近の前に立ち塞がった。そして、アリサと綾乃を両腕に抱く政近を、挑みかかるように睨《にら》み上げる。

「私が肩に触ると、催眠が解けます！　いいですか？　いちにー、ハイ！」

そうはっきりと告げ、有希は祈るようにバンッと政近の両肩を叩《たた》いて揺すった。が、

「有希……なんだ、嫉妬か？　安心しろよ、オレはいつだってお前の兄貴だから、な？」

「効かねぇー！　あぁもうどうす、れ？」

口汚く叫んだ直後、有希は右手首を掴まれる感触と共に、フッと体が宙に浮く感覚に襲われる。そうして気付けば、有希は廊下に仰向《あおむ》けに倒れていた。

「……え？」

半ば無意識に受け身を取ったのと、政近が優しく落としたおかげで痛みらしい痛みはない。だが、いくら油断してたとはいえ、床に倒れる直前まで反応すら出来なかった。その事実に戦慄する有希だったが、その離れ業を実行した兄がこちらに背を向けて自室に向かうのに気付き、慌てて追いすがる。

「お、おい、マジで落ち着け？　催眠Hってマジでエロ同人じゃないんだからさ。いや、男も催眠掛かってる状態ってのは珍しいか？　っていやいや、そもそも初めてが二人同時

って、全ルート攻略した後のおまけハーレムルートじゃねぇんだからよ。そういうのは個別ルートをしっかり攻略してからにしてください⁉」

背後から肩を摑み、必死に止めようとするも……悲しいかな、有希の小さな体では、ずるずると虚《むな》しく引きずられるだけだった。

「〜〜っ！　ああ、もう！」

そうしてリビングに入ったところで、有希は破れかぶれな声を上げ——

◇

「——ん？　え、つっ！　痛っ、いったぁ！　え、なに、思いっ切り寝違えた？」

政近は目を覚ますと同時に、強烈な首の痛みにうめき声を上げた。

「痛ってて……ん？」

そうして首を押さえながら起き上がり、なぜか自分が私服でベッドに寝ていることに気付く。

「なんで……うぉ⁉」

疑問を漏らしつつ部屋の中を見て、ベッド脇で土下座している綾乃の姿にぎょっとする。

「え、ど、どうした？」

「申し訳ございません……」

「何が？　え、いや、状況が分からん」

「実は……昨日政近様にお渡ししたアロマキャンドルは、催眠術に掛かりやすい状態にするためのもので……政近様は今朝方より、有希様の催眠術に掛けられていたのです」

「はぁ？　催眠術、って……」

政近の脳裏に、生徒会室で半裸になったアリサの姿が思い浮かび……慌てて打ち消した。と同時に、その時のアリサが催眠中の記憶を失っていたことを思い出す。

「あ、あぁ……え、そういうこと？　俺、有希に催眠術掛けられて……記憶飛んでるってこと？」

「はい……恐らくは」

「はぁ……」

正直、あまり素直に状況を呑《の》み込めず、気のない声を漏らす政近。実際、催眠術に掛けられた自覚もなければ記憶もないのだから仕方がない。

「……で、なんかめっちゃ首が痛いんだけど、これなんで？」

「それは、その……わたくしも途中から記憶が曖昧なので定かなことは申し上げられないのですが……有希様が政近様をお止めする際に、背後から締め落としたと……」

「は？」

やはり、状況がよく分からない。

「……ま、いいや。ところでその有希は？　というか、お前は悪くないんだからもう頭上げろよ」

「いえ、アロマと催眠アプリを用意したのはわたくしですので……」

「……催眠アプリ？」

「こちらです……」

そう言って綾乃が差し出したスマホには大きな閉じた目が表示されており、微かに怪しい振動音が響いていた。

「……なんだこれ。ってか、なにこの音」

「あ、これは催眠解除用の音波？　です。こちらを寝ている政近様にお聞かせして……あっ、有希様でしたね。有希様は、その、先に周防《すおう》家に戻られました……」

「は？　なんで？」

「えっと……こちらを、お預かりしております……」

すごく遠慮がちに綾乃が差し出したのは、折り畳まれた一枚のルーズリーフ。開いてみると、そこには有希の字で大きく「ごめんね」とだけ書かれていた。

「……どういうこと？　いや、ちょっと待って。俺のことを止めた？　え、俺なんか締め落とされるようなことしたの？」

「それは……ご自身でお確かめになった方がよろしいかと……」

そう言って、綾乃は枕元に置かれた政近のスマホをチラリと見る。なんだか嫌な予感を覚えながら政近がスマホを起動させると、画面に生徒会二年生組からのメッセージが表示された。

『久世、どうした？　何か悩み事があるなら聞くぞ？』

『久世くん大丈夫？　もしかして、七不思議の時に何かに取り憑かれたり……』

『いや、あたしはかっこいいと思うよ？　うん』

統也《とうや》とマリヤからの心配するメッセージ。そして、茅咲《ちさき》からのなんかフォローっぽいメッセージ。

そこからひとつ遡ると、有希がアップした一本の動画ファイルが出て来る。それをタップし——

『おいおい急にどうした？　オレのことを撮りたくなる気持ちは分かるが……どうせ撮るなら、もう少しオシャレしてる時にしてくれないか？』

「ん、な⁉」

表示されたおよそ自分とは思えない自分の姿に、政近は絶句した。画面の中で、ナルシスト全開で次々ポーズを取る自分。あまりにも耐え難い映像にスマホの画面を切るも、それを先輩達に見られたという事実は変わらず。政近は、たちまち全身がカッと熱くなるのを感じた。

「ゆ、有ぅ希ぃぃぃ〜〜……なんつー、なんつーことをしてくれたんだ……‼」

ベッドの上でギリギリと歯を食いしばり、必死に羞恥に耐える。そして、ハッと気付いた。まだ、アリサからのメッセージは届いていないということに。

（ってことは、ワンチャンまだアーリャは見てな――ってか、そうだよ！　昨日アーリャはスマホを忘れてったから、まだ見れてないんじゃん！　なら、今の内に動画を消させれば……！）

一番見られたくない相手には、まだこの動画を見られていない。突如浮かび上がった希望に、政近は有希がもう帰ったという事実も忘れて、部屋を飛び出した。

「おい！　有希――」

そして、飛び出した先のリビングで……テーブルに突っ伏したまま、背中を小刻みに震わせるアリサの姿を発見して硬直する。

「っ、くふっっっっ、ふっっっ～～～！」

左腕に顔を埋め、微かに引き笑いの声を漏らしながら背中をビクビクと跳ねさせるアリサ。その、テーブルの上に投げ出された右手には……政近の机の上に置いてあったはずの、アリサのスマホがあって。

『おいおい、もっとちゃんと撮ってくれよ……ああ、そうか。スマホのレンズを通してじゃなく、自分の目でオレを見たいんだな？　クッ、仕方ねぇなぁ……』

「～～～～!!」

そのスマホからは、自分のものではない自分の声が流れていて。

政近は、その場に膝から崩れ落ちた。

「ゆ、有希ぃ……有ぅ希ぃぃぃぃぃ～～～～！」

そして四《よ》つん這《ば》いになりながら、腹の底から声を絞り出す。

「俺が、何をしたぁぁ――――――――!!」

「〰〰〰〰〰!!」

政近の魂の絶叫に、アリサの声にならない引き笑いが重なる。その瞬間、政近の手の中でブブッとスマホが振動して。

画面に、『お前はモテてしまったからな』という、有希からのメッセージが表示された。

第10話

天然と店員

「ハァ……」

大小様々なぬいぐるみが置かれた可愛らしい部屋に、その雰囲気に似つかわしくない切なげな溜息《ためいき》が響く。その音の主は、ベッドの上で寝転がり、猫のぬいぐるみを抱きかかえるマリヤであった。

片手でぬいぐるみを抱き、もう片方の手で金色のロケットの中に収められた写真を眺めながら、いつになく物憂げな表情をしているマリヤ。

「さーくん……」

その口からこぼれるのは、大好きな想い人の名前。いつもは明るく華やいだ声で呼ぶその名前も、今は苦しく切ない響きで満たされていた。

「もう、会えないのかな……」

ぽつりと、悲観的な予想がマリヤの口を衝《つ》く。しかし、すぐにふるふると頭を左右に振ると、枕に顔を埋めるようにして体を丸めた。

「……もう少しだけ。この、夏休みが終わるまでは……」

そう自分に言い聞かせ、マリヤはロケットを胸に抱く。再会を期待して……あるいは、恐れて。

トントン

そのまま数分が経過した後、マリヤの部屋にノックの音が響いた。のそりと枕から片目だけ覗かせ、マリヤは返事をする。

「は～い」

『……マーシャ？　ちょっといい？』

「！　アーリャちゃん⁉」

ドアの向こうから聞こえてきた声に、マリヤは弾かれるように跳ね起きた。先程までのダウナーな雰囲気はどこへやら。マリヤは恐ろしく切り替えが早かった。

「ど、どうしたの⁉」

いつも姉に塩対応な妹が、自分からマリヤの部屋を訪れることは珍しい。二週間に一回起きるか起きないかのレアイベントに、マリヤは即行でドアの前に駆け寄った。あまりに勢いのいい出迎えに、訪ねてきたアリサの方が若干面食らった顔をする。

一方で、そのアリサの顔を見たマリヤの顔は一瞬にしてふにゃら～っと笑み崩れた。アリサが、来た！　マリヤは、細かいことがどーでもよくなった！

「……もしかして、寝てた？」

少し乱れたマリヤの髪を見て、アリサがちょっと気遣わしげな顔をする。が、マリヤは

そんなアリサの気遣いを吹き飛ばすような笑顔で、ふんすと胸を張る。

「ううん、ごろごろしてただけ！　それで、何の用？」

「あ、そう……まあ、その……」

堂々と自堕落宣言をする姉に呆《あき》れた顔をしつつ、アリサは少し口ごもる。そして、視線を逸らし髪先をいじりながら、躊躇《ためら》いがちに口を開いた。

「来週の合宿で……水着がいるじゃない？　マーシャはもう、用意した？」

九条《くじょう》姉妹が最後に海水浴に行ったのは、もう四年も前のこと。それ以降、プライベートで海やプールに行ったことはないため、四年前からいろいろと成長してしまっている二人には体に合う水着がなかった。一応学校指定の水着はあるが、あれを学外で着るのがナンセンスであることくらいはアリサにも分かる。故に、同じ立場である姉に訊きに来たのだ。それは、つまり……

「ううん、まだ買ってないの。今日明日くらいに買いに行こうかなぁって」

続く言葉を予感し、マリヤはにぱーっと笑いながらそう告げる。すると、その予感通り、アリサはチラリとマリヤを見ると、再び視線を逸らしながら言った。

「そう……じゃあ、これから買いに行かない？　せっかくだから」

アリサに、デートに誘われた！　マリヤの知能指数が、五下がった！

「うん！　いいよぉ～？　ふふっ、アーリャちゃんとデートだ！」

「デートじゃないわよ」

「いつ行く？　お姉ちゃんは何時でもいいけど」

「え、じゃあ……三十分後くらい？」

「分かった！　すぐ準備するね～？」

あっという間にふにゃふにゃになってしまったマリヤはドアを閉めると、数分前とは打って変わって鼻歌でも歌い出しそうな様子で着替えを始める。繰り返し言うが、マリヤは恐ろしく切り替えが早かった。

そうしてうっきうきで準備を終えると、マリヤはアリサと共に家を出た。

「それじゃあ、しゅっぱ～つ！」

「手は繋《つな》がないから」

「あん」

両手でアリサの手を掴もうとした途端すげなく振り払われ、マリヤは不満げに頬《ほお》を膨らませる。が、構わずさっさと先に歩き始めるアリサに、慌ててその後を追った。

「待ってよぉ、アーリャちゃん歩くの速いぃ～」

「マーシャがのんびりしてるだけでしょ」

「そんなに急いでも暑いだけよ～？　ほら、お姉ちゃんとお話ししながらゆっくり歩こう？　ね？」

「別に話すこともないじゃない」

「もう！　アーリャちゃん冷たい！」

そんないつも通りのやりとりをしながら、二人は最寄り駅に着くと、周囲からこれでもかと視線を集めながらホームを移動する。

「ほら、マーシャこっち」

「え〜、こっちの方が降りた時階段に近いのに……」

「ダメ。いいからちゃんと女性専用車両に乗るわよ」

「むぅ……は〜い」

アリサに促され、渋々乗り口を移動するマリヤ。無論、マリヤだって女性専用車両の存在理由は知っているし、この世に痴漢という犯罪者が存在することも知っている。知ってはいるが、今まで遭遇したことがないのであまり実感が湧かず、危機感も抱けないのだ。

……いや、正確には本人が気付いてないだけで、何度か遭遇しているのだが。ただ、触られる前に怖い妹様に思いっ切りガン飛ばされたり、怖い副会長様に手首を外されたりして、未遂に終わっているだけで。おかげで被害に遭わずに済んでいる一方で、本人の危機意識がいつまでも甘いままになってしまっているのはある種の皮肉だった。

「一人で乗る時も、ちゃんと女性専用車両に乗りなさいよ？　それがないなら、スマホとかいじらずに周囲を警戒するようにして」

「は〜い」

それでも、妹や親友に心配されていると分かった上で、大人しく忠告に従うのはマリヤの美徳であろうか。アリサの注意に頷きながら、マリヤはふと眉根を寄せた。

「アーリャちゃん……もしかして、今まで痴漢に遭ったことがあるの？」

「はぁ？　ないわよ……私はマーシャと違って、ガード固いもの」

「むぅ、わたしだってガード固いわよ？　さーくん以外の男の人に、体を触らせたりしないもの！」

ぷぅっと頬を膨らませて、心外そうに腰に両手を当てるマリヤだったが……その服装をじろりと見下ろし、アリサは呆れたように呟《つぶや》く。

「どの口が……」

アリサがそう言うのも無理はない。何しろ今日のマリヤの服装は、肩出しの上にへそ出しなのだから。その健康的な白く滑らかな素肌に、周囲からの視線がもう物凄《ものすご》い。だが、マリヤはその視線をどう解釈したのか、嬉《うれ》しそうに帽子に手を当て、軽くポーズを取った。

「あ、これ？　ふふ、可愛いでしょ～？」

「……それは認めるわ。私は絶対着ないけど」

「ええ～？　でもこれ、とっても涼しいのよ？」

「女の子がお腹《なか》を冷やすんじゃありません」

そうピシャリと言い切り、姉に不躾《ぶしつけ》な目を向ける周囲の男性客をじろりと睨《ね》め付けてから、アリサはマリヤの腕を引いて電車に乗り込む。そうして十五分ほど電車移動し、普段服なども買いに来ている大きな駅で降りると、二人は駅前の大型商業施設に入って行った。

エレベーターで女性服のフロアーまで上がると、マリヤは華やかな服の数々に目を輝かせ……

「わぁ〜、あの服可愛い！」

即行で、水着とは無関係な店に入ろうとした。そして、その動きを予知していたアリサに、左手首を摑んで止められた。

「今日は水着を見に来たんでしょ。ほら、行くわよ」

「えぇ〜待ってぇ〜ちょっと見るだけ、ちょっと見るだけだから〜」

グイグイと引っ張られながら哀れっぽい声を上げるマリヤだが、アリサは構わず歩を進める。この自由な姉を野放しにしたら際限なく目移りすると嫌というほどよく分かっているので、アリサに迷いはなかった。

「あっ、あのスカート、この前テレビで紹介されてたやつ！」

「……」

「あ、閉店セールやってる！　アーリャちゃん、全商品半額だって！」

この言葉には、アリサも正直少し揺らいだ。が、姉の無駄に長いショッピングに付き合うつもりはなかったので、強いて前を向いたままズンズンと歩を進める。そうして半ば妹に引きずられるようにして目当ての店に辿《たど》り着くと、マリヤもようやく大人しくなった。

「わぁ〜可愛い水着がいっぱい！」

否《いや》、単純に目の前のものに目移りしただけだった。そんな姉に呆れたような顔をしながら、アリサはざっと周囲を見回して眉根を寄せる。

「？　どうしたの？　アーリャちゃん」

マリヤの疑問に答えることなく、アリサはもう一周ぐるりと売り場を見回し……少し首を傾げた。

「なんか、どれも露出度が高過ぎない？」

「え、そ〜お？　こんなものじゃない？」

アリサの言葉に首を傾げ、マリヤは壁際に吊《つ》られているワンピースタイプの水着を指差す。

「気になるなら、ああいうのもあるわよ？　あれなら――」

「脚が見えちゃうじゃない」

「……脚？」

ちょっと思いもよらない発言が飛び出して、マリヤは真顔でアリサに振り向いた。しかし、アリサは大真面目な顔をしていて、マリヤはしぱしぱと瞬《まばた》きする。

「えっと、アーリャちゃん？　脚が見えるのは普通だと――」

「ダメよ。学校のプールと違って男子もいるのよ？　普段見えないような場所は当然隠すべきだわ」

「えぇっとつまり？」

いよいよ本格的に首を傾げるマリヤに、アリサは当然のように言い放つ。

「お腹はもちろんのこと、脚もふとももは隠すべきね」

「アーリャちゃん海女さんになるの？」

真顔でそうツッコんでから、マリヤは内心「これはマズい」と思った。アリサの異性に対するガードがガッチガチに固いことは分かっていたが、このまま水着を選ばせたら最終的にウェットスーツに辿り着く未来が見える。一人の女の子としてそれはアウトだと思ったし、妹を愛する一人の姉としても、アリサには可愛い水着を身に着けてもらいたかった。

しかし、直球で「これ着て！」と水着を勧めても「マーシャの趣味は知らないわよ」と突っぱねられるのは火を見るより明らか。なにせ、つい先程マリヤのへそ出しの服を見て、「絶対に着ない」と断言していたのだから。で、あるならば……

「アーリャちゃん……お姉ちゃん、アーリャちゃんの身持ちが固いのはいいことだと思うけど、それは流石にＴＰＯを弁《わきま》えられてないと思うわ」

ＴＰＯ、それは良識ある人間……否、良識ある人間であろうとする人間にとっての、ある種のキラーワード。アリサもその例に漏れず、ピクリと眉を動かすとマリヤを見下ろす。その目を真っ直ぐに見ながら、マリヤは懇々と説いた。

「今度行く合宿は、合宿とは名ばかりの親睦旅行。つまり、レジャーよ？　なら、それに相応《ふさわ》しい格好というものが求められるんじゃないかしら？」

「……そうかもしれないけど、だからって露出を増やす必要は──」

「あるわよ。明らかに『あなた達に肌を見せる気はありません』って格好をしたら、親睦も何もないじゃない。きっとみ～んな白けちゃうわよ？　ほら、日本には裸の付き合いって言葉もあるでしょ？」

「むー――」

マリヤの言葉に一理あると思ったのか、アリサが言葉に詰まる。そこへ、マリヤはここぞとばかりに畳み掛けた。

「それに、行くのはプライベートビーチだから、不特定多数の目に触れるわけじゃないし」

「……政近《まさちか》君と会長がいるじゃない」

「だいじょ〜ぶ、会長はどうせ茅咲《ちさき》ちゃんしか目に入らないから。それに、久世《くぜ》くんはきっとわたしを見るし」

「え？」

どういうことかと眉をひそめるアリサに、マリヤはあえて得意げに胸を張る。

「ほら、久世くんだって男の子だから。男の子はみんな、女の子の胸に興味津々だもの。だからぁ……わたしが可愛い水着を着たら、きっと目が釘《くぎ》付けになっちゃうんじゃないかなぁって」

自分の胸に両手を置きながら、やんやんと体を振るマリヤ。そのらしくもなく不遜な発言に、アリサの口の端がひくつき、青い瞳にメラリと対抗心が燃え上がった。

「へぇ……言ってくれるじゃない。胸だけじゃなくお腹にもお肉が付いてるマーシャに、この私が劣ると？」

〝この〟の部分で語気を強め、アリサは自分のスタイルを誇るように、腕組みしてグッと体を反らした。そして、マリヤの剝《む》き出しのお腹に意味深な視線を向けると、フッと鼻で笑う。しかし、その程度の挑発でマリヤは動じない。

「分かってないなぁアーリャちゃんは。男の子はね～、ちょぉっとくらい肉付きのいい女の子の方が好きなのよ？　アーリャちゃんのしっかり引き締まった体も、素敵だと思うけど、ね？」

慰めるようにそう言いながら、マリヤも自信満々に大きな胸を反らす。そのいつになく強気な態度に、アリサの目尻がピキピキと引き攣った。

なぜなら、アリサには自負があったから。自身の体型維持のため、マリヤよりもずっと努力しているという自負が。努力している自分が、怠慢によって蓄積した贅肉《ぜいにく》に劣る？そんなこと、アリサは断固として認められなかった。

「いい、度胸じゃない……知らないわよ？　私の完璧なスタイルを前に、隣歩くのが恥ずかしくなっても」

「いいわよ～？　じゃあ、アーリャちゃんもビキニで決定ね？」

「……ん？」

「お腹出る水着じゃないと意味ないでしょ～？　大丈夫、わたしもビキニにするから～。あ、これなんかよさそう」

アリサが「あれ？　なんでこうなった？」と首を傾げている間に、マリヤはさっさと水着を選び始めてしまう。

そこへ、眼鏡を掛けて髪をピッチリとまとめた女性店員が、スス、と近付いてきて口を挟んだ。

「少しよろしいですか、お客様。失礼ながらこちらの水着はそちらのお客様には少々小さいかと。もうワンサイズ上のものをオススメしますわ」

「え？」

眼鏡のテンプルをくいっとしながらそう指摘した店員さんに、マリヤはアリサの方を振り向く。そして、アリサの胸をまじまじと見て言った。

「アーリャちゃん……また大きくなったの？」

「な、なによ……マーシャだって、人のこと言えないでしょ？」

「うん、まあそうなんだけど……やっぱり、お母さんの料理が原因かしら？　全然成長が止まらないのよね〜」

気まずそうに身をよじるアリサから視線を外し、マリヤは自分の胸を見下ろして困ったような顔をする。

「アーリャちゃんも、覚悟しておいた方がいいわよ？」

「何をよ……というか、こんなところでする話じゃないでしょ！」

言いながらマリヤが手に持った水着をひったくろうとするアリサだったが、それより早く店員さんがひょいっとワンサイズ上のものを手に取り、素早くアリサの懐に入り込んだ。

「お客様、よろしければあちらでご試着を」

「え、いや、でも……」

「物は試しです。まずはこちらを試着していただいた上で、どういった水着がいいか方向性を決めましょう。ではこちらへ」

あれよあれよと試着室の前まで移動させられ、どうぞどうぞと試着室に押し込まれてしまうアリサ。流れるように試着まで持ち込んだ店員さんに、マリヤがグッとサムズアップを向ける。

「やりますね、ありがとうございます」

「いえ、これも仕事ですので」

「プロですね……ところで店員さんお名前は？」

「申し遅れました。わたくしこの店の店長を務めております渡邉《わたなべ》と申します」

眼鏡のテンプルをくいっとしながら、胸に付けたネームプレートを示す店員さん改め渡邉さん。デキる店長さんの眼鏡が光る。

「ところでお二人はご姉妹《きょうだい》でしょうか？」

「あ、はい。そうなんです～。一応わたしが姉なんですけど～」

アリサよりも低い身長に加えての童顔で、いつも自分の方が妹だと思われがちだからこその補足。

しかし、渡邉さんは意外感など欠片《かけら》も見せず、「分かっている」といった風に繰り返し頷いた。

「ええ、ええ、承知しておりますとも。妹様に素敵な水着を着ていただきたい。そうですね？」

「そうなんですよ～！　あの子、放っておいたらウェットスーツ着たりしそうで……って」

そこで、マリヤは試着室の中から全然音がしないことに気付き、カーテンの端から顔を突っ込む。

「アーリャちゃん、どうしたの～？」

「ちょっ、声くらい掛けてよ！」

案の定と言うべきか、渡された水着を手に渋面を作っていたアリサは、突然覗《のぞ》いてきたマリヤにぎょっと振り返った。

「じゃあ早く着替えてよぉ～店長さんも待ってるんだから」

「でも、これは……」

アリサが躊躇《ためら》うのも無理はない。何しろ、その手にある水着はある種究極の黒ビキニだったからだ。

無地、リボンもフリルもない、ついでに布面積も少ない。

あるのは細い紐《ひも》と小さい布だけ。それこそ、欧米のスーパーモデルが着てそうなＴｈｅビキニである。

「やっぱり、こんなの着れない！」

悲鳴混じりにそう叫び、水着を突っ返そうとするアリサ。そこへにゅいっと現れたるは、我らが店長渡邉さん。

「では、こちらはいかがですか？」

そうして差し出されたのは、こちらはだいぶ布面積が増えたピンク色のビキニだった。縁がフリルで彩られており、それが少女らしい可愛さを演出している。

「まあ、これなら……」

つい数分前の、お腹《なか》も脚も出さないという宣言はどこへやら。完全にドア・イン・ザ・フェイスにやられているのだが、アリサはそれを意識することなく渡邉さんが持って来た水着を手に取った。そうして、着替えること数分。

「うわ～かわいい～」

「大変よくお似合いです。こちら今年流行しているタイプの水着になりますが、お客様ほど見事に着こなしていらっしゃる方は初めてです」

「そ、うですか？」

マリヤだけの賛辞であれば、アリサも軽く流したかもしれない。しかし、プロの店員の淀《よど》みない褒めちぎりには、アリサもちょっと乗せられてしまった。

「でも、ピンクは私には少し可愛過ぎる気も……」

「なるほど、でしたらこちらはいかがでしょう」

渡邉さんがスッと真横に手を差し出すと、シャッと現れた別の店員が新しい水着を手渡す。この店の店員は、何か特殊な訓練を受けているのだろうか。

「こちら形状は同じタイプのものになりますが、見ての通り青地に花柄が爽やかさと華やかさを――」

そんな調子で、決して大仰ではなく、だからこそ素直に呑《の》み込める渡邉さんのプロモーションに乗せられ、試着すること六着。

「ん……これは、いいかも」

大きなフリルの付いた水色のボーダー柄のビキニで、アリサは初めてまんざらでもなさそうに口元を緩めた。

その機を逃さず、マリヤもここぞとばかりに頷《うなず》く。

「うんうん、お姉ちゃんもその水着は可愛いと思うなぁ」

「う、うぅん、でもやっぱり……」

そこで少し冷静になったのか、アリサは改めて自分の姿を鏡で確認し、「露出多過ぎじゃない？」と眉をひそめた。

が、そこですかさずマリヤが不思議そうな顔をする。

「えぇ～？　お姉ちゃんのに比べれば全然大したことないわよ？」

そう言ってマリヤが掲げたのは、真ん中が紐だけで谷間が丸見えな白ビキニ。自分の水着よりも大胆な水着を示され、アリサの判断基準が大きく揺らいだ。

「でも、脚が……」

それでもどうしても気になる様子で、アリサは自身の剝き出しのふとももを見下ろす。

そこへ、スッと渡邉さんが一枚の布を差し出した。

「でしたら、こちらのパレオで隠すというのはいかがでしょうか？　こちら今セットでご購入いただきますと、特別にここまでサービスさせていただきますが……」

どこからか電卓を取り出すと、スタタタターンと数字を打ち込みアリサに示す渡邉さん。

「セットだと安くなる」というキラーワードに、アリサの心がぐらりと傾く。そうして数分後、アリサはパレオを試着して自分の立ち姿を確認すると、ゆっくりと頷いた。

「じゃあ、これで……」

「ありがとうございます。今、裏から新しいのを持って来させますね」

渡邉店長がパンと手を叩くと、一人の店員さんがシャッとバックヤードに消えていく。あまりの手際の良さに、アリサは若干引いた。そうして、二人分の会計を終えて、

「ありがとうございました～」

渡邉さんと非常によく訓練された店員さん達に見送られ、二人は店を出る。

目的を果たしたアリサは、既に心が我が家へと向かっていたが……一方マリヤは、むしろ今のでエンジンが掛かった様子で、テンション高めにアリサの方を見た。

「それじゃあ、これからどうしよっか」

「どうしようって、私はもう帰ろうかと思うけど……」

「えぇ～一緒にあちこち見て回ろうよ～」

「マーシャに付き合うと長いからイヤ」

「むぅ〜アーリャちゃんのケチ〜」

ブゥブゥと文句を言うマリヤだったが、アリサは意に介さずエレベーターに向かう。その実にツレない態度に、マリヤは、何か帰りたがる理由があるのだろうかと考えた。

(う〜ん……ハッ！　もしかして早く家に帰って、今買った水着でファッションショーをしたいとか？　やっぱり、新しい服を買うと気分がうきうきするものね！)

……マリヤは、家族や友人に「時々すごい天然発言をする」とよく言われる。しかし、本人にその自覚はないし、本人は自分が天然だと認めていない。

(わたしや店員さんの前では、遠慮してたのかも……きっと自分の部屋で、一人ファッションショーを楽しむつもりなのね。あ、そう考えたらわたしもやりたくなってきたかも)

なぜなら、マリヤの中では自分の発言は筋が通っているからだ。いつも、マリヤなりにきちんとした論理展開を経た上で、発言している。ただ……

「分かったわ、アーリャちゃん。でも、わたしも一緒にやりたいから、ファッションショーは待ってくれる？」

「……何の話？」

その過程を一切口にせずに結論から入るせいで、聞く側からするとすごく突飛な発言に聞こえるだけで。当然のように今回もまた、アリサには何が何やら分からない。

が、すぐに「いつものか」と考えて理解を放棄すると、やれやれと首を振って流すことにした。

「はいはい。じゃあまあ、その水着は一緒に持って帰ってあげるわ」

「あ、ホント？　ありがと〜」

姉の手からビニール袋を受け取り、一人でサッサとエレベーターに向かうアリサ。それを見送り、マリヤは時計を確認すると、少し考えてから次来たエレベーターに乗った。そのまま一階まで下りると、特にどこのお店も見て回ることなく建物を出る。

「ん……ここからなら、歩いて行けるかな？」

そして、地図アプリで検索を掛けると、そう独り言ちて道なりに歩き始めた。目指す先は、日本に戻って来てから暇を見付けては訪れているとある場所。いつもは自転車で通っている場所に、今日は歩きで向かう。向かう、が……

「あら？　あのお店何かしら？」

マリヤは、ここでもやはり目移りした。

右側の通りに見えた小物屋さんにふらふら〜っと、吸い寄せられるように入る。そして十分後、特に何も買わずに店を出て来て……本来右に行って元の道に戻るべきところを、迷いなく左に行った。そのまま数分歩き続け、

「……あら？」

マリヤはようやく、自分が元々歩いていた道から大きく外れていることに気付いた。一度立ち止まり、スマホで地図アプリを開く。

「んん〜…………ん、たぶんこっちね」

そしてやはり、迷いなく間違った方向に歩き始める。そう、実のところマリヤは……かなり重度の、方向音痴だったのだ。

普段、友人や家族に「街をぶらぶら歩くのが好き」とか言っているが、実際のところ、半分くらいはただ迷っているだけというのが正しい。本人はそれを認めようとはしないが。なぜなら……

「あら？　いつの間にか着いてる……」

マリヤは重度の方向音痴でありながら、なんだかんだでちゃんと目的地に辿《たど》り着けてしまうという、ミラクルの持ち主でもあったのだ。ふと横を見たところで見知った光景が目に飛び込んできて、マリヤは少し首を傾げながらもそちらに向かう。そこは、大きな公園の端にある、たくさんの遊具が設置された広場。

その真ん中を迷いなく突っ切ると、マリヤは大小様々な穴がボコボコと空いている大きなドーム状の遊具の前に立ち、その頂上へと登った。そして、その場に小さなビニールシートを敷いてぺたんと座り込むと、何かを探すように一度ぐるりと周囲を見回す。

「……やっぱり、来てないか～」

唇を尖《とが》らせ、少しだけ寂しそうに呟《つぶや》くと、マリヤはその寂しさを誤魔化すように空を見上げた。

「いいよ。待つよ？　運命は摑むものだもん」

どこか自分に言い聞かせるようにそう言ってぷぅっと頰《ほお》を膨らませると、マリヤはじっと雲を眺め始める。そうして、夏の暑い日差しの中、じっと待ち続けること二十分。

「あ、いた！　お～い！」

　こちらを呼ぶ声に、マリヤは少し肩を跳ねさせ……すぐに、その声が彼のものじゃないことに気付き、軽い失望と共に視線を下ろした。遊具の麓のところに目を向ければ、そこには見知った小学生七人組の姿。

「マリヤおねえちゃ～ん！」

「おねえちゃん来たよ～」

「また一緒に遊ぼうぜ！」

　マリヤを見上げ、嬉《うれ》しそうに破顔する少年少女。それに応じるようにニコッと笑うと、マリヤはトトトッと遊具から下りた。

「よぉ～っし、今日は何する？　お姉ちゃん負けないよ～？」

　そう明るく宣言すると、マリヤは小学生に交じって全力で遊び始める。大きな公園全体を利用したかくれんぼに興じ、疲れたら木陰でソシャゲの協力プレイをしたり、少女達と女の子同士のおしゃべりをしたり。そうしている内にいつしか日が傾き始め、子供達はマリヤに手を振りながら家に帰って行った。

「またね～」

　それに手を振り返し、子供達の姿が見えなくなるまで見送ってから……マリヤは例のドーム状の遊具を振り向くと、少し哀切のにじむ笑みを浮かべた。かつてそこにいた愛《いと》しい少年の姿を幻視し、マリヤの胸の奥が甘く疼《うず》く。

その時、不意に強い風が吹いて、マリヤはとっさに髪を押さえて顔を逸らした。そうして再び遊具の方に目を向けた時には、もう少年の幻像は消えていて。

「……また来るね、さーくん」

少し眉を下げてそう言い残すと、マリヤは今日も思い出の場所を後にするのだった。

第11話　料理と推理

「どうだ、夏休みは。楽しんでるか？」

「まあまあですかね。会長はどうです？」

「まあ、俺も似たようなもんだ。有意義な時間は過ごせていると思うが」

別荘の二階にある男子部屋。その並んだ二つのベッドに向かい合うように座った男子二人の間では、そんなどこか空々しい会話が行われていた。この場には男子二人だけ、もっといろいろと話すことはあるはずだが、今ひとつ会話に身が入っていない。それもそのはず。二人の……特に統也《とうや》の意識は、八割方階下のキッチンに向けられているからだ。

剣崎《けんざき》家の別荘の広々としたキッチン。そこでは今、女性陣五人による女の戦いが行われていた。こう言うと大袈裟《おおげさ》に聞こえるが、行われているのは要するに料理対決だ。事の発端は行きの電車内。有希《ゆき》の提案で、せっかくなので、今日の夕食は女性陣が一品ずつ用意しようという話になったのだ。更にそれだけではつまらないので、誰がどの料理を作ったのかは伏せた状態で、男子二人にどれが一番美味しかったか選んでもらおうという……この提案に、主に茅咲《ちさき》が大いに乗り気で賛同し、採用されることとなった。

そんなわけで、公平を期するために男子二人は部屋に待機させられ、女子五人はキッチンで料理に勤《いそ》しんでいる。もっとも、流石に五人が同時に料理できるほど広いキッチンではないので、二組か三組かに分かれて、順番に料理をしているはずだが。

「あぁ～……うん」

「……」

特に意味もない声を漏らしながら、統也は部屋の扉に目を向ける。明らかに気もそぞろといった様子だ。それも無理ないだろう。何しろ、気楽に料理の評価を行える政近《まさちか》とは違い……統也の場合、出される料理のひとつは最愛の恋人が作ったものなのだから。そう、茅《ち》咲《さき》が作った料理なのか、だ！

統也にとって重要なのは、どの料理が、一番美味しかったかじゃない。どの料理が、茅咲が作った料理なのか、だ！

「えっと、ちなみになんですけど、会長」

「ん？」

「更科《さらしな》先輩の手料理を、食べた経験は……？」

「……ない」

「おう……」

一応、選ぶのは一番美味しかった一品だけということになっているが、「じゃあ二番目は？」とか訊かれる可能性はゼロじゃない。というか、統也がもし一番目で茅咲の料理を外した場合、その質問をされる可能性は極めて高い。そこで更に外したら……考えるだに恐ろしい。政近としても、この二人が険悪な仲になるのは望むところではなかった。青く美しい海が、真っ赤に染まる光景なんて見たくないもんね。

「えっと、失礼ですけど、更科先輩って料理苦手……なんですかね？」

「どうなんだろうな？　でも、今までそういう話をしなかったってことは、そうなのかな……」

「の、割には、有希が料理対決を提案した時はすっごい乗り気でしたけど……」

「……茅咲は、勝負事となると条件反射で乗り気になるからな」

「あぁ……」

同じく、勝負事となると途端に負けん気を発揮する相方《アリサ》を思い出し、政近は頷《うなず》く。そして、気を取り直して励ますように言った。

「でも、そうだとしたらチャンスです会長！　こう言っちゃなんですけど、明らかに料理慣れしてない料理を選べばいいんですから！」

「ん……そう言われると複雑だが、そうなのかな？」

視線を天井に向けながら首をひねる統也に、政近は力強く頷く。

「まず、綾乃《あやの》は普通に料理が出来ます。それとアーリャによると、マーシャさんは料理上手だそうです。アーリャも料理下手ではありませんし、有希も……まあ時々失敗しますが、まずい料理は作らないです。というか、たぶん有希と綾乃の料理は、食べれば俺が分かります。アーリャの料理も……やたらと野菜とかを几帳面《きちょうめん》に切る癖があるんで、もしかしたら見れば分かるかもしれません」

「お、おお、そうか……というか、お前あの三人の料理食べたことあるのか」

「ま、まあ有希と綾乃は幼馴染《おさななじ》みですし。アーリャは、この前ちょっと……」

少し気まずそうに言葉を濁してから、政近は一度咳払《せきばら》いをして続ける。

「そんなわけで……その三人に関しては、俺の方で分かったら会長に合図で伝えます。その三人が分かれば、あとは更科先輩とマーシャさんの二択ですから。そもし最初で外しても、
フォローは可能でしょう？」

「お、おお、頼もしいな久世《くぜ》」

「……まあ問題は、有希や綾乃が奇をてらった料理を作ってきた場合なんですが」

希望が見えたという風に笑みを浮かべる統也に、政近はトーンを落として懸念を伝える。

そう、何しろこの料理勝負の発案者は有希なのだ。普通にいつも通り作ったら政近に見抜かれると判断し、今まで作ったことのない料理を出してくる可能性はゼロじゃない。そして、有希に命じられた綾乃がそれに追従する可能性も。

「……考え過ぎじゃないか？　自分から提案した勝負で、わざわざ作り慣れてない料理を作るようなことはせんだろ？」

「だったらいいんですけどね……」

統也の意見はもっともだ。だが、政近は知っている。あの妹が、自分が勝つことよりも、勝負が面白くなることを重視する人間だということを。

「そう言えば……なんかテレビで、ロシア人は大のマヨネーズ好きと聞いた覚えがあるんだが」

「ん？　なんですかそれ」

記憶を辿《たど》るように斜め上辺りに視線を向けながら言う統也の言葉に、政近は首を傾げる。

「いや、なんでもロシア人は、どんな料理にもマヨネーズを入れるとかなんとか。もしそうなら、九条《くじょう》姉妹の料理を見分けるヒントになるんじゃないかと思ったんだが」

「どんな料理にもマヨネーズを入れる……サワークリームとかではなく？　いや、聞いたことないですし、ロシアに行ったことある祖父もそんなことは言ってなかったですけど……」

「旅行者向けの料理はそんなことなくても、家庭料理はそうなのかもしれんだろ？」

「ん～～テレビの情報をどこまで信じていいのか……それに、一口にロシアと言っても広いですからねぇ。日本でも関東と関西で食文化がかなり違うんです。あれほどの大国となればなおさらじゃないですか？」

「む……そう、か。言われてみれば、『日本人は醤油《しょうゆ》好き』と言われれば否定は出来んし、だからと言って日本人がなんにでも醤油を入れるかと言われればそれは否だしな……」

「そうですね。ま、なんにせよその情報はあまり当てにならないと思いますよ？　……まあ、もし仮にマヨネーズまみれの料理が出て来たとしたら、話は別ですけど」

「いや、マヨネーズまみれはシンプルに嫌だな」

苦笑を浮かべる統也に、政近も少し笑みを漏らす。そうしてから、政近はじっと部屋の扉を見つめ、チラッと統也の顔を窺った。

「……ちょっと、様子を見てみます?」

「様子を? だが、キッチンには入るなと——」

「トイレに行くだけですよ。漏れ聞こえてくる音と声だけでも、ヒントがもらえるかもしれないでしょう?」

「なるほど、そういうことか」

頷き合い、二人は一緒に、なんとなく体を屈《かが》めて部屋を出る。そして、過剰なくらい慎重に階段を下りながら、キッチンとリビングへと続く扉の奥に聴覚を集中させた。すると、調理の音らしきものが微かに聞こえてくる。

一定のリズムでトントントンと聞こえてくるのは包丁の音か。ジュワァァ……フライパンで何かを焼いている音もする。と、そこでマリヤの声が聞こえてきて、二人は立ち止まって耳を澄ました。

「いい匂～い……お野菜って、炒《いた》めれば炒めるほどおいしくなるわよね～」

「そうですね」

「痛めるほど……? そっか」

マリヤの声に綾乃と茅咲の声が応じ、その後なぜかゴスッゴスッという鈍い音が続く。その不可解な音に政近と統也が首を傾げていると、そこで急にキッチンから聞こえていた音の一切が消えた。そして、一拍後。

シュキィィィ─────ン………

キッチンから響く、小気味のいい金属音。その余韻を惜しむかのように続く静寂。数秒経ってから、まるでBGMがフェードインするかのように、徐々に調理音が戻ってくる。

「(……茅咲、何を斬ったのかなぁ)」

「(……料理って、あんな必殺技の特殊演出みたいなの入るものでしたっけ?)」

階段の途中で、揃《そろ》って遠い目になる統也と政近。そこへ、また綾乃の声が聞こえてくる。

「本当は、少しあおった方がいいのですけれど」

「煽《あお》る……? ……こんくらいで斬れちゃうとか、軟弱過ぎない？ もっと粘りなよ。ほらほら雑ぁ魚、雑ぁ～魚」

「茅咲ちゃん……？ なんで、お野菜に悪口言ってるの？」

……なんだろうか、聞こえてくる音だけで既にカオスだった。主に、茅咲の調理が。振り向けば、統也がもう完全に遠くを見ちゃってる。政近もすごく気持ちは分かった。

(……ドンマイです)

政近は無言のまま、同情の意を込めて軽く統也の肩に手を置く。すると、統也はなんだか達観した目でくるりと階段上で振り返り、大きな体を屈《かが》めたまま部屋に戻って行った。

その背を見送り、政近は「ただトイレに行っただけ」という口実作りのために、実際にトイレに向かおうと……立ち上がったところで、階段横から冷めた目でこちらを見上げるアリサに気付いた。

「……」

「……」

無言で見つめ合う二人。数秒視線を交わし、政近はおもむろに階段を下りると、つかつかとアリサに近付いてその両腕を摑《つか》む。

「まああまままあまああ……」

そして、宥《なだ》めるように小声で言いながらアリサを連れてリビングから離れると、無駄にキリッとした顔で言った。

「ちゃうで？」

「なんでよ何も違わないでしょ。というか、気安く触らないでよ」

剝《む》き出しの二の腕を摑まれ、アリサは嫌そうな顔でぺしっと政近の手首をはたく。

「っと、失礼」

頭の片隅で「この前、ロシア語で【触ってもいいわよ】って言ってなかったっけ……？」などと思いながら、政近はパッと手を放した。すると、アリサは摑まれた腕をさすりながら、どこか不機嫌そうにボソッと呟《つぶや》く。

【そんな、雑に扱わないでよ】

「ごめんな？」

これには、政近も素直に謝るしかない。同時に、「紳士的にだったら触ってもいいの派なお山。

か？」とかいう疑問を抱きながら頭を下げれば……自然と視界に入ってしまうアリサの立

（うん。いやまあ、さっきもっとすごいところを荒っぽく触っちゃったけどね？）

ついつい、頭にそんな思考がよぎる。同時に、「あ、今はちゃんと下着つけてるな」とかいう考えも浮かんでしまう。

「最っ低……」

そんな政近の思考を察したらしく、アリサが心底嫌そうに頬《ほお》をゆがませ、政近に軽蔑の視線を向けた。両手で胸を隠しながら少し後退《あとずさ》りすると、嫌悪感に満ちた罵声を吐く。

「痴漢の上に盗み聞きなんて、救えない……」

「いやいや痴漢は人聞きが悪過ぎるだろ」

「フンッ、盗み聞きは否定しないのね」

「いや、まあそれは……」

少し口ごもってから、政近は軽く溜息《ためいき》を吐いて正直に話すことにした。

「俺はともかくとして、会長は更科先輩の料理を当てられないとマズいだろ？　だから、ちょっと偵察をしようと思っただけだよ……」

「ふぅん？」

政近の言い分に多少は納得したのか、アリサが胸から手を離して片眉を上げる。

「まあ、言いたいことは分かるけど……更科先輩だって、真剣勝負で審査員に忖度《そんたく》されるのは嬉《うれ》しくないんじゃないかしら？」

「う、ん。それは、まあ……」

「そもそも、仮に負けたとしても、今度は実力で選んでもらえるように努力すればいいだけの話でしょう？　そこで忖度されて実力に見合わない評価を下されれば、成長する機会が失われるわ」

「うぅ～ん、ド正論だなぁ……」

　思わず唸ってしまうほどに、アリサの言い分はもっともだった。だが、今回は場合が場合だ。せっかくの旅行中に、気分が盛り下がるような事態は避けた方がいいだろう……という考えは口にしないまま、政近はニヤッとした笑みを浮かべた。

「ま、安心しろよ。俺は忖度なしで評価を下すから。仮にアーリャの料理が分かってしまったとしても、それで評価を変えたりはせんからさ」

　その政近の笑みに、アリサもまた挑発的な笑みを浮かべる。

「あら、私の料理を見抜けるつもりなの？　まだ二回しか食べたことないのに？」

「出来るかもしれないぜ？　あれで多少の癖は分かったからな」

「ふ～ん？」

　片眉を上げ、「やれるものならやってみろ」といった雰囲気で笑うアリサ。それに、政近も不遜な笑みで応える。

　気付けば、なんだか政近もパートナーの料理を見抜く流れになっていた。しかし、元より茅咲の料理を見抜くという使命を背負っていたのだ。それが二人になったところで、大して変わりはない。

（でも、ちょっと燃えてきたな……ここはどれが誰の料理かバシッと当てて、良いところ見せるか）

料理勝負という趣旨からは外れたところで、ふつふつとやる気を滾《たぎ》らせる政近。それを見て、アリサは軽く肩を竦《すく》めた。

「まあいいわ。言われなくても、仮に私の料理がどれか分かったとしても、それで忖度する必要はないわよ？」

「りょ～かい。じゃあ、楽しみにしてるよ」

そう言って政近はアリサに背を向けると、二階に戻ろうと――

【私を選ばせるから】

（ん、ンぅん！　私〝の料理〟を、ね？）

……したところで、背後から肉食系女子の〝惚《ほ》れさす宣言〟みたいなロシア語を食らい、軽くよろめいた。

◇

「それでは会長、政近君、どうぞ召し上がれ」

一時間後、テーブル前に座った統也と政近に、代表して有希がそう声を掛ける。そして、それを最後に有希含む女性陣は口を噤《つぐ》んだ。どうやら、どれが誰の料理なのか一切ヒントを渡さないように、男子が食べている間はノーコメントノーリアクションを貫くつもりらしい。

「「……いただきます」」

対面から女性陣五人に無言で見つめられるという異様な雰囲気の中、統也と政近は手を合わせた。そうしながら、テーブルの上に並んだ料理を眺める。

(とりあえず……マヨネーズまみれはないいな)

それどころか、見た目明らかに失敗しているような料理もない。調理中、あれだけカオスな音が聞こえていたのに。

(よかった……漫画で出て来るようなモザイク必至のゲテモノ料理が出て来なくて)

一方で、見た目ですぐ誰が作ったのか分かるような料理もなかったのだが……ぱっと見た感じで料理名を列挙するなら、左からチャーハン、唐揚げ、水餃子《すいギョーザ》、ハンバーグ、それと……謎スープ。

(なんだろう、あれ)

政近だけでなく、統也もまた、その右端の料理に目を奪われていた。

大鉢になみなみと満たされた、赤黒いスープ。カットされたフランスパンが添えられているのを見るに、どうやらパンを浸して食べるらしい。小さく切られたトマトが入っているので、赤色はそこから来ているのだろうが……得体が知れない。なんか輪切りのレモンも浮いてるし。

(レモンっていうことは冷製スープ？　いや、湯気立ってるよな……つーか、トマトにレモンって、かなりすっぱくなるんじゃ……うん、ちょっと最初にあれ行く勇気はないな)

　同時にその結論に至り、政近は統也と視線を交わして、軽く意思疎通。統也が大皿に盛られた唐揚げを引き寄せ、それを各々小皿によそった。

(見た目は普通……付け合わせはレタスと玉ねぎ、か。まあ、唐揚げにそうそう特徴なんて出ないよなぁ)

　見た感じ美味しそうだが、どれが茅咲の……あるいはアリサの料理かを見分けるという目的においては、この特徴のなさはマイナスだ。

(まあとりあえず、食べてみるか……)

　まずは一口、唐揚げだけで食べてみる。カラッと揚がった衣にかじりつくと、醤油とニンニクの風味と共に、鶏肉《とりにく》の旨味がぶわっと口内に広がった。

「ん……美味しい」

「ああ、美味《うま》いな」

　二人揃って、自然とそう感想を漏らす。同時に、素早く女性陣の反応を窺《うかが》うが……残念ながら、女性陣はノーリアクションを貫いていた。

(ま、そう簡単にボロは出さんか……いやでも、普通に美味しいなこれ)

今度は玉ねぎと一緒にレタスで巻いて食べてみるが、これも美味しい。唐揚げの味が濃い目でしっかりしているため、野菜との相性も抜群だった。

（まあ、この味自体は既製品の唐揚げの素みたいなのを使ってるんだろうけど……揚げ物をカラッと揚げるのは結構難易度が高いからな。これ作った人は割と料理上手なんじゃないか？）

思わず二つ目、三つ目と箸を伸ばしそうになるが、グッと堪えて次の料理に行く。続いて統也が手に取ったのは、左端のチャーハンの大皿。

（具は……卵、ネギ、キャベツ、かまぼこ……肉は入ってないのか？　ずいぶんシンプルなチャーハンだな）

しかし、仮にも料理勝負の場でこれだけシンプルなチャーハンを出してくるということは、かなり自信があるのかもしれない。

（これはちょっと楽しみかも）

少し期待感を抱きながら、政近は小皿に盛ったチャーハンを口に運んだ。その、結果は……

（うん、まあ美味しい……んだけど、薄いな……）

正直、ちょっと期待外れだった。先に味の濃い唐揚げを食べたせいもあるのだろうが、それにしたってだいぶ薄味。よく言えばお上品な味なのだが、普段家ではガーリック風味のチャーハンを好んで食べている政近からすると、少し物足りなかった。

（まあ、飽きずに食べられるっていうのはいいのかもしれないけど……たくあんとか欲しくなるな）

内心そんなことを思いつつも、政近の好みのチャーハンじゃないというだけで決してマズいわけではないので、一言「美味しい」とは言っておく。女性陣はやはりノーリアクション。

続いて統也が手に取ったのは水餃子の皿。特に付け合わせはなく、皿には水餃子と、それが七割程度浸るくらいの量のスープが入っているだけだった。特徴としては、水餃子の縁にひだがないことくらいだろうか。

（さっき盗み聞いた感じ、更科先輩は料理に野菜を使ってた。そこから考えると、これは更科先輩じゃなさそうだな）

そんな風に考えながら、政近は水餃子をひとつ口に運び……

「ん……⁉」

その予想外の中身に、思わず声に出して驚いてしまった。

（こ、これ、挽肉《ひきにく》じゃない……マッシュポテトだ！）

スープはコンソメっぽい味でそれはそれで意外性があったのだが、水餃子自体の味は完全に予想外だった。予想していた肉の味はせず、スープを吸ったマッシュポテトのほのかな甘みが舌を撫《な》でる。

（マジか……いや、でもこれはこれで美味しいな）

統也と視線で驚きを共有しつつ、政近は心から「美味しい」と言った。しかし、これでこの料理が茅咲のものじゃないという推理は揺らいでしまった。いや、むしろじゃがいもを切って潰していたというのなら、あのゴスゴスという調理中の不可解な音にも説明が付く。

（参ったな……思った以上に分からんぞ？　いっそのこと、アーリャやマーシャさんが、分かりやすくロシア料理でも作っててくれれ、ば……）

その瞬間、政近に天啓のような閃《ひらめ》きが奔《はし》る。

（ま、まさかこれ……そうか！）

あまりにも見た目が普通の水餃子だったので、とっさに気付けなかった。だが恐らく、間違いない。これは、水餃子じゃなく……

（ロシア料理の……ペリメニだ！）

それは、日本でも有名なロシア料理のひとつ。政近自身、知識として知っているだけで実際に食べたことはない。だが、ロシア料理という可能性が頭をよぎったことで、気付くことが出来た。

（たしかじいちゃんが、ペリメニは中にいろんな具材を入れるって言ってたもんな……そうか、これが……）

ということは、これは十中八九アリサかマリヤの料理だろう。味自体も全く食べたことがないものだったので、流石に有希と綾乃ではないはず。

（これは……意外とイケるかもしれないぞ？）

　宣言通り、アリサの料理を見抜けるかもしれないという希望と、初めて口にするペリメニらしきものにテンションが上がる政近。しかし、続いて統也が手を伸ばした料理を見て、上がったテンションに水を差された気分になった。

（おぅ……ここで、か）

　統也が引き寄せたのは、右端の謎スープ。具材はトマトとベーコンと、あと細切れにされた野菜がちらほら……

（この表面に浮いてる緑色の粉は……バジルか？　いや、マジで味が想像できん……）

　お椀《わん》によそったスープをしげしげと眺め、とりあえず添えられているフランスパンは置いておいて、スプーンで一口飲んでみる。

「!?」

　その瞬間、政近に衝撃が走った。隣の統也も、驚きに目を見開いている。それだけ予想外の味だったのだ。一言で言うなら、それは……

「ピザじゃん……」

「だな……」

　続けてもう一口。口の中に広がるのは、やはりピザの……マルゲリータの味だ。

（ピザ味のスープ……いや、マジで謎スープだわ）

　だが、美味しい。美味しいのだ、これが。今度はフランスパンを一切れ手に取り、スープに浸して食べる。

「これも美味しい……」

パンを噛《か》む度に、フランスパンの粗い生地に染み込んだスープがじゅわっと染み出してくる。スープの少し強めの酸味が、パンの甘さと一体となることで、美味《おい》しさの相乗効果を発揮していた。

（これは、すごいな……って、あれ？　もしかしてこれも……？）

ふと、政近の脳内に浮かび上がった知識。それは、ロシア人は昼食にスープとパンを食べるというものだった。そもそもロシア料理には、本当にたくさんの種類のスープがあると聞く。これもその一種だと思えば、なるほど合点がいった。が……

（これ夕食だし……ロシアのパンってたしか黒パンだし……）

仮にこのスープがロシア料理だったとして、本場の人間であるアリサとマリヤが、夕食にこの組み合わせを出すだろうか？　むしろ、レシピだけ調べたにわか知識の半端者が、攪乱《かくらん》のために作ったものと考えた方が自然なのではないか……

（うん……まあとにかく、最後の料理を食べてからだな）

そこまで推理して、政近は判断を保留すると、次の料理に移る。

最後に残ったのは、大根おろしを載せてその上から餡《あん》を掛けた和風ハンバーグ。付け合わせはキノコにブロッコリーにパプリカ。ひとつが結構大きかったので、半分に割って統也と分け合うことにする。

（これまた、唐揚げと同じであまり見た目に特徴はないけど……）

別にチーズが中に入っているようなこともなく、普通のハンバーグ。一口食べてみると、これまた真っ当に美味しい。

「普段はデミグラスとかトマトとかで食べるけど、和風も美味しいんだな」

餡をたっぷりと吸った大根おろしが甘く、意外にもハンバーグによく合う。ハンバーグ自体は見た目通り可もなく不可もなくといった感じだったが、この組み合わせは政近にとって新鮮な美味しさだった。

（けど、これが誰のかって言われると……）

食べたことがないだけに、確信が持てない。悩んでいる内に取り分けた分を食べ終わってしまい、政近は箸を置いた。

「さて、では判定に移りましょうか？」

そして統也も食べ終えたタイミングで、有希が楽しそうに声を上げる。いよいよ、運命の時だが……政近は、未《いま》だに茅咲の料理を特定できていなかった。

（唯一絶対に違うのは、あのペリメニだと思うんだが……あれはたぶんアーリャかマーシャさんだよな。それに、あの謎スープもそうっぽい……んだけど、有希の可能性も捨て切れん……）

どちらにしろ、この二つが茅咲の料理である可能性は低い。そのことは、統也にもテーブルの下で合図を送って伝えていた。

だがそうなると、残るは唐揚げとハンバーグとチャーハンという、世の多くの男子が好むであろう三種の料理になる。そして、この三種類の料理に関して、その完成度においてはかなり大きな差はなかった。政近の好みの上では、チャーハンが一歩下がるところではあったが……。

(薄味になってしまったのか、それともあえて薄味にしたのか。そのどっちかによって、話が変わってくるんだよな……)

前者なら、茅咲の可能性が高いと思う。だが、もし後者ならそれは……。

「……よし、決めたぞ」

考え込む政近の隣で統也がそう言い、政近は驚きと共にそちらを見た。まだ、政近は候補を絞り切れていない。だが、統也は覚悟を決めた瞳で真っ直ぐ前を見ながら、はっきりと答えを口にした。

「俺は、唐揚げが一番美味しかったと思う」

一瞬の静寂。一瞬とは思えないほどの緊迫。そして――

「やったぁ！」

次の瞬間、茅咲の喜びに満ちた声が上がった。椅子から跳び上がり、天井目掛けて拳を突き上げる。

政近が答えを言う前に自分の料理をバラしてしまった茅咲に、他の女性陣は少し困ったように眉を下げながらも口々に祝福した。

「おめでとう、茅咲ちゃん」

「おめでとうございます、やはり恋人同士、相性バッチリですね」

「おめでとうございます」

「よかったですね。おめでとうございます」

女性陣と共に拍手をしながら、政近は別の意味で苦笑する。

(なんだよ、結局俺のアドバイスなんていらなかったんじゃん……はは、やってらんねー)

なんというか……食事とは別の意味で、ご馳走《ちそう》さまって感じだった。

「もうっ、もうっ、統也ったらぁ～……そんなに美味しかったの？」

「ああ、ホントに、美味しかった、ぞ？」

「そっかぁ……唐揚げだけは一生懸命練習した甲斐《かい》があったぁ」

「ん？　だけ？」

「ふふっ、そんなに美味しかったなら……これからも、時々作ってあげるね？」

「お、おお、それは、嬉《うれ》しいな？」

喜色も露《あら》わに統也の背中をバッシンバッシン叩く茅咲と、その衝撃で込み上げてきた何かを必死に飲み下しながらしゃべる統也。なんともお幸せそうなカップルを前に、政近は生ぬる～い目になる。……ちなみに、そう遠くない未来。統也は、白飯と唐揚げと生野菜のみという、ある種究極の唐揚げ弁当を毎日のように茅咲に渡されることになるのだが……それはまた別のお話。

「では気を取り直して、政近君はどうですか？」

「ん？　ああ……」

有希に促され、政近は前に向き直った。楽しそうに淑女の笑みを浮かべる有希。無表情の綾乃。ふわふわとした笑みを浮かべるマリヤ。「興味ありませんけど？」と言いたげに澄ました顔をしながらも、真剣な目をしたアリサ。

四者四様の視線を向けられる中、政近は口を開き――

「俺は、あのスープが美味しかったと思うな」

自分の気持ちに正直に、そう告げた。すると、

「あらぁホント？　やったぁ」

少し意外そうにした後、マリヤが両手を合わせて快哉《かいさい》を上げた。同時に、アリサの眉間にピシッとしわが入ったのが視界に映るが……これぱっかりは仕方ない。アリサも言っていた通り、これは真剣勝負なのだから。

「マーシャさんの料理でしたか。いや、ホントに美味しかったです。今まで食べたことがない味で……これ、ロシア料理ですか？」

「そうよぉ～ソリャンカっていうの」

「ソリャンカ……いや、聞いたことないですね」

「ん～……」

政近の言葉に、マリヤは少し考え込むように顎に人差し指を当てると、コテンと首を傾

げながら言う。

「ボルシチがロシアの味噌汁《みそしる》なら、ソリャンカはロシアの豚汁みたいな感じ？」

「マジですか。豚汁？　これが？」

「だってぇ、ホントにそんな感じなんだも～ん」

拳を上下に振りながら、なんだかもどかしそうにそう言うマリヤ。その姿に苦笑を浮かべていると、有希がまた声を掛けてきた。

「ちなみに、残りの料理がどれが誰のかは分かります？」

なかなかに意地悪な質問だったが、政近はニヤリと自信満々に笑って返す。元より全員の料理を特定するつもりでいたところ、二つの料理が特定されたことで、政近は既に確信を得ていた。

「まずこのチャーハンは、綾乃だろ？」

チャーハンを指差し、綾乃を見ながらそう言うと、綾乃は目を伏せて頷いた。

「はい、その通りです」

「だろうな。他の人が結構味がしっかりしたおかずを作ってたから、あえて薄味にしたんだろ？」

「ええ……他の料理と、一緒に食べられるようにした方がいいのではないか、と」

「ははは、一応勝負だってのに、食べる人のこと第一なのが綾乃らしいよ」

そう言って優しく笑うと、綾乃は少し恥ずかしそうに肩を揺らす。それにますます笑みを深めながら、続いて政近はハンバーグを指差した。

「で、これは有希」

「……正解です。流石ですね」

「ま、今回はガチで勝ちに来てんだろうなぁとは思った。軽く迷彩はしてたみたいだけど、な？」

料理自体はちゃんとしながらも、自分の料理だと分からないよう味付けを変えていたことをチクリと刺す。しかし、有希は素知らぬ顔で「夏ですからね。今回はさっぱりとした味付けにしてみました」と嘯《うそぶ》くだけだった。

「それで……これがアーリャ」

満を持して、得意げに笑いながら最後に残った水餃子《すいギョーザ》を指差す。

「……正解」

すると、アリサは不満そうで少し嬉しそうな、なんとも微妙な表情で頷いた。恐らく、本当に自分の料理を見抜いてもらえたことに喜びを覚えつつも、まんまと見抜かれてしまったことに複雑な感情を抱いているのだろう。

（いや、まあ謎スープ……ソリャンカ？　が、マーシャさんと分かったおかげで特定できたんだけどな？）

内心そう苦笑する政近だったが、そんな事情は知らない純粋な綾乃は、素直に賛辞を送る。

「お見逸《みそ》れしました、政近様。味覚においても素晴らしい才能をお持ちなのですね」

「ん？　いやまあ、アーリャのは分かりやすかったけどな」

綾乃のキラキラとした瞳に少し気分を良くしながら、政近はフッと得意げな笑みを浮かべてアリサを見た。

「最初は水餃子だと思ったんだけどな……食べてみて分かったよ。これ、ペリメニだろ？」

軽いドヤ顔でニヤッと笑いながら、思う存分違いが分かる男アピールをする政近。それに、アリサは少し眉根を寄せて、

「ヴァレーヌィクよ」

「なんそれ」

リビングに、ビックリするぐらい気まずい空気が流れた。

第12話　恋人と主人

「それでは始めましょうか！」

剣崎《けんざき》家の別荘で行われた、生徒会合宿。その初日の夜。一年生女子三人が泊まる部屋で、ベッド端に腰掛けたパジャマ姿の有希《ゆき》が、楽しそうに声を上げた。それに対し、こちらもパジャマ姿のアリサが躊躇《ためら》いがちに口を開く。

「いいのかしら……ベッドの上で、こんな……」

良心が咎《とが》めている様子で、少し首を傾げるアリサ。その視線の先にあるのは、ベッドのサイドテーブルに置かれたジュースとお菓子。床に車座に座れるほどのスペースがなかったので、ふたつのベッドに分かれて座り、その間にジュースとお菓子を置くという形をとっているのだが……真面目なアリサらしく、ベッドに座って飲食をすることに抵抗があるらしい。

「まあまあ、こぼさないように気を付ければ大丈夫でしょう」

しかし、サイドテーブルを挟んでアリサの向かい側に座る有希は、宥《なだ》めるように言いながらチョコチップクッキーを口に運ぶ。その隣に座る綾乃《あやの》も、個包装されたミニドーナッツを手に取ると、こぼさないよう一口で口内に収めた。なんで包装を開ける音がしないのかは謎。ちなみに有希やアリサと違って、綾乃はネグリジェ姿だった。なぜネグリジェなのかと言えば、理由は当然。スカートじゃないと、いざという時に素早く武器が取り出せないからだ。いざという時がいつ来るのかは不明。

「う……ん。まあ、あとで掃除すれば大丈夫、かしら？」

お菓子を口にする対面の二人を見て、アリサも自分の中で折り合いを付けたらしい。少し身を乗り出すと、チョコレートを一個口に運んで頬《ほお》をゆるめる。それに、有希がにんまりとした笑みを浮かべた。

「ふふふ、そうですよアーリャさん。夜寝る前に、カロリーを気にせずお菓子とジュースを貪る。これぞパジャマパーティーの醍醐味《だいごみ》です！」

有希の〝カロリー〟という単語に、アリサの手が一瞬止まる。しかし、全く気にした様子もなく黙々とミニドーナッツを口に運ぶ綾乃を見て、そのお腹《なか》に視線を移すと、数秒の黙考の後に再びチョコレートに手を伸ばした。

……冷静に考えて、今の綾乃のお腹周りを見てもなんの参考にもならないのだが。今この場で摂取するカロリーの影響が出るのは明日以降なのだが、アリサはその事実から目を逸らした。

「……まあ、食後のデザートと考えれば、ね……今日は海でたくさん運動したし」

言い訳がましくそう呟《つぶや》き、チョコレートを口に運ぶアリサ。それを見て、人間の堕落を喜ぶ悪魔のような笑みを浮かべる有希。だが、アリサが視線を上げた途端、その笑みは一瞬で引っ込む。

「そうですね、料理勝負に夢中で、デザートを用意していなかったのは失敗でした」

「ふふ……なんだったら、第二回戦としてデザート対決をしてもよかったかもしれないわね」

「ああ、それはいいですねぇ……っと、そうです」

そこで有希は何かを思い出した顔でコップを手に取ると、それを軽く掲げた。

「結局先輩方に負けてしまったことですし……残念賞ということで、乾杯しておきましょう」

「なぁに？　それ」

有希の提案に苦笑しつつも、アリサもコップを手に取る。綾乃も静かにコップを持ったのを確認し、有希は音頭を取った。

「では、残念賞ということで……政近《まさちか》君の、バカー！」

「!?　っ、ふふっ、バカー！」

「!?　……か、かんぱい？」

有希の掛け声に一瞬驚きながらも、すぐ愉快そうに笑って乗っかるアリサと、目を白黒させて遠慮がちにコップを掲げる綾乃。政近にとっては酷《ひど》いとばっちりだが、とにもかくにも有希とアリサの間の空気は弛緩《しかん》した。

「まったく、ダメですよね～政近君は。たしかにマーシャ先輩の料理は美味《おい》しかったですけど、もっとわたくし達の料理も『ここはよかった』とかしっかり褒めて欲しかったです」

「そうね。しかも、ドヤ顔で料理名間違えるし？」

「ああ、あれは恥ずかしかったですよね～」

顔を見合わせ、クスクスと笑みを漏らす二人。この場にいる三人共、別に本気で言っていないことは分かっているが、冗談とはいえ主人の悪口を言われている綾乃は、どこか困った様子でそわそわする。そんな綾乃に、有希が笑顔で水を向けた。

「綾乃も、政近君に対して何か言いたいことがあったら言っていいんですよ？」

「え⁉　い、いえそんな……政近様は、本当にお優しくて素晴らしい方ですので……」

「……優しい？　素晴らしい？」

肩を縮めながらそう言う綾乃に、アリサが心底不可解そうに眉根を寄せる。そして、自分に対する政近の振る舞いを思い返した。頭に浮かぶのは、事あるごとに自分をからかい、茶化し、ふざける政近の姿。

「……だいぶ、意地が悪いと思うけど？」

頭に浮かんだそれらに少しイラッとしながら、アリサは呟《つぶや》く。しかし、綾乃は理解できない様子で何度も瞬《まばた》きをすると、コテンと首を傾げた。

「……意地悪？　政近様が、ですか？」

「え、ええ、なんだか事あるごとに、からかってきたりするるし……」

綾乃の純粋な疑問の視線に少したじろぎながらも、アリサはそう答える。が、綾乃は不思議そうに首を傾げるだけ。そこへ、有希が笑いながらフォローを入れた。

「ふふっ、綾乃はからかわれても真顔で『どういうことですか？』って返しそうですからね。一方でアーリャさんは真面目で反応がいいので、政近君もからかい甲斐《がい》があるのかもしれません」

「そう、なのでしょうか？」

「全然嬉《うれ》しくないんだけど……」

「まあまあ、あれじゃないですか？　ほら、好きな人にほど意地悪をしたくなる、みたいな」

「ふぅ、ん？」

有希の言葉にアリサはピクッと眉を跳ね上げ、急に取り澄ました表情を浮かべる。

「まあ、そうね？　そういうことも？　あるかも――」

そして、髪先をいじいじしながらそこまで言ったところで……脳裏に、政近をからかう自分自身の姿が思い浮かんだ。

「いいえ、ないわね。そんなことは絶対ないわ」

直前の発言を瞬で翻し、アリサはスンッとした表情で髪から手を離す。

「え、どうしたんですか？」

「いいえ？　そうね、あれは目には目を歯には歯を的なあれで、そういうのじゃないわ」

　話に付いていけてない様子の有希に、アリサは軽く咳払《せきばら》い。

「そもそも、好きな人に意地悪したがる気持ちが理解できないわ」

「それは……かまって欲しいからでは？　ほら、男子ってよくやるじゃないですか。気になる女子にちょっかい出すのって。アーリャさんもやられたことありませんか？」

「あぁ……まあ。大体無視するけど。相手が迷惑がることをして、好かれるとでも思ってるのかしらね？」

　容赦のないことを言って鼻を鳴らすアリサに、有希は小さく苦笑を漏らす。

「まあ、男子っていくつになっても子供っぽいところがありますからね」

「ホントそうよね。高校生になっても全然落ち着きがなくて、いっつも馬鹿なことやって」

「ふふふっ、でも、男子同士で馬鹿なことやってるのを見ると、なんだか楽しそうだな～って思うこともありますよ？」

「私だって、別に周りに迷惑を掛けなければ自由だとは思うわよ？　でも、学校で漫画雑誌を広げたりするのとかはどうかと思うわ」

「ああ、たしかに校則違反はよくないですよね。漫画くらいならカワイイものだとも思いますけれど」

「普通の漫画ならね？　でも、雑誌のグラビアを見てニヤニヤしてたりするのよ？　そういうのは本当にやめて欲しいわ……」

「⁇」

「う、う〜ん、それはたしかに女性としては反応に困ってしまいますよね……反応に困ると言えば、教室で誰それが可愛いだとか胸が大きいだとか、女子の噂をされるのは困りますよね……小声でも普通に聞こえてきますし」

「分かるわ……しかも、よくよく聞いてみれば二次元の女の子の話で。本当にげんなりするわよね」

「……？　そう、ですね。流行《はや》りのアニメとかで、誰が好みとかで論争起きたりしますよね、時々」

「そうそう。所詮、架空の存在なのにね？　ホント、なんであんなに夢中になれるのかしら。ガチャを回しては、好みのキャラが出たかどうかで一喜一憂して……」

「ん〜〜？　……架空で理想の存在だからこそ、夢中になるのでは？」

そんな風に受け答えしながら、有希は自分の中でひとつの疑念が膨らんでくるのを感じていた。それは……

（あれ？　これって男子についての一般論だよね？　気のせいかな？　さっきからアーリャさん、お兄ちゃんのことしか話してないような……）

と、いうことだった。試しに、ちょっとそっち寄りの話題を振ってみる。

「男子と言えば、掃除の時間とか全然協力的じゃないですよね」

「そうね。自分の分はちゃんとやるけど、それ以上のことは全然やらないわよね」

（お兄ちゃんのことかな？）

「体育の後とか、授業中に寝たりしますよね」

「そうね。まあ眠そうなのはいつものことだけど」

(お兄ちゃんのことだよね？)

「あと、学校でも普通にスマホゲームしますよね」

「そうね。『始業前なら校則違反じゃない』とか屁理屈《へりくつ》こねてね」

(うん、お兄ちゃんのことだね)

男子全般の話をしてるのに、明らかに政近のことしか話さないアリサ。そのなんだか怖い会話に、有希は頬を引《ひ》き攣《つ》らせる。

(あっれぇ〜？　おっかしいなぁ〜？　アーリャさんの世界には、男子ってお兄ちゃんしか存在しないのかな？　塔にでも幽閉されて外界と隔絶されてるお姫様カナ？)

これが政近を意識してやっていることなら早く結婚しろって話だし、無意識ならどれだけ他の男子に興味がないんだって話だし……どっちにしろ、なんだか触れてはいけない感じがした。なので、有希はスイッと視線を逸らし、隣の綾乃を見る。

「ところで綾乃は、さっきからずっとドーナッツを食べていない？」

「え、あ……そうですね」

いつの間にやら、綾乃はミニドーナッツが入っている袋を新たに開けて、それをお腹に抱え込んでしまっていた。午前中の買い出しで二袋買っていたのは、まさか一袋は自分だけで消費するつもりだったからだろうか。

「この前の遊園地のチュロスと言い……そんなに好きなの？　揚げ菓子」

「は、はい……」

「いえ、責めているわけではないのだけど」

なんだか申し訳なさそうに肩を縮めながらも、決して袋は手放さない綾乃。その姿に苦笑しながら、有希はアリサに目を向けた。

「アーリャさんは、どんなお菓子が好きですか？」

「私？　そう、ね……普通に、チョコレートとか？　スイーツであればなんでも好きだけど」

「あら、アーリャさんは結構甘党なのですね」

「そう、かしら？　でも、辛い物も……」

そう口ごもり、綾乃に意味深な視線を向けるアリサ。それに対し、綾乃もなんだか意味ありげな瞬きをする。その視線の意味は分からなかったが、有希は見つめ合う二人の間に何やら絆《きずな》のようなものを感じ、少し首を傾げた。

(これは……友情？　いや、どっちかって言うと戦友、みたいな……いや、なんの？)

脳内セルフツッコミしながら、有希はふと気になったことを二人に問う。

「……そう言えば、アーリャさんはまだ綾乃のことを君嶋《きみしま》さんと呼んでますよね？」

「え？　まあ、そうね」

「綾乃も、アリサ様なんて呼んでいますし」

「それは……はい」

戸惑い気味に視線を交わす二人に、有希は今度は、なんだか一向に関係が進展しないコミュ障カップルみたいな空気を感じた。

(なんだこの二人、めんどくさいかよ)

そんなことを思いながらも、有希は無邪気な笑顔でパチンと両手を合わせる。

「こうしてひとつの部屋に泊まるのに、それは少し他人行儀過ぎませんか？　ここは、お互いに名字呼び、様付けをやめるべきだと思います」

「え……？　う、ん。私は、構わないけど？」

「わたくしも……アリサ様が、お気になさらないのであれば」

(だからじれじれカップルかっつーの)

内心ジト目でツッコミを入れる有希の前で、アリサと綾乃はなんだかお互いを窺《うかが》うように視線を交わす。そして、やがてアリサが遠慮がちに口を開いた。

「えっと、それじゃあ……綾乃、さん？」

「あ、はい。アリサさ……ん」

(やりとりがウブ過ぎて百合《ゆり》生える)

図らずも付き合いたての百合カップルみたいになっているやりとりに、有希はオタク脳を捗《はかど》らせる。

(ふむ、アーリャ×綾乃か？　それとも綾乃×アーリャか？　どっちもありだな……というか、あたしも交ぜて欲しいわ。百合に挟まる男は殺されるけど、百合に挟まる女だったら許されるよね？　なんだったらアーリャさん大好きなマーシャさんも巻き込めないかな？）

「？　有希さん？」

「あ、えっと……」

百合妄想してたところにアリサに怪訝《けげん》そうな目を向けられ、有希はとっさに思い付いた質問を口にした。

「そう言えば、アーリャさん。どうしてマーシャ先輩との同室をあんなに強く拒否されたんですか？」

完全に頭の中の百合妄想に引っ張られた苦し紛れの話題転換だったが、アリサは特に気にした風もなく顔をしかめる。

「……抱き枕にされるから」

「え？」

「……マーシャは、いつもすっごく大きな抱き枕……というか、抱きぬいぐるみ？　を抱いて寝てるんだけど、旅行先でそれがない時は、寝ぼけて近くの手頃なのを抱き枕代わりにすることがあるのよ……今までも家族旅行の時、特に旅館とかだと度々布団に潜り込まれて……」

「あら……では、今頃更科《さらしな》先輩が抱き枕代わりにされているかもしれませんね？」

有希が冗談めかしてそう言うと、その光景を想像したアリサがフッと小さく笑った。

「かもしれないわね。でも、更科先輩なら力尽くで追い出すでしょう」

「ふふふっ、そうですね。もしかしたらベッドから蹴り落とされるかもしれません」

「それはいいわね。それに懲りて、もう人を抱き枕にするようなことはしなくなるといいのにね」

アリサと一緒になって笑いながらも、内心「マーシャ先輩の抱き枕？　むしろあたしがなるわ」などと考える有希。一度脳に咲いた百合はなかなか散ってくれないようだ。

それから、呼び方を変えたことで少し距離が縮んだ感のあるアリサと綾乃が、お互い少しずつおしゃべりをするようになり。徐々に、三人で普通にガールズトークが出来るようになっていった。

（そろそろかな……）

その機を見計らい、有希はひとつの話題が終わったタイミングで手を合わせる。

「では、そろそろ本題に入りましょうか」

「本題？」

「？」

「二人共、分からないんですか？　パジャマパーティーの本題と言えば、恋バナに決まってるじゃないですか！」

「……そうなの？」

有希の楽しげな宣言に、しかしやはりと言うべきかアリサの反応は鈍い。明らかに興味が薄そうな態度を見せるアリサに……有希はここぞとばかりに華やいだ声を上げた。

「わたくし、夢だったんです！　友達同士で集まって、思う存分恋バナに花を咲かせるの！」

「！」

有希の〝友達〟という言葉に、アリサがピクッと眉を動かす。そして、興味薄そうな表情から一転して、まんざらでもなさそうな表情で視線を逸《そ》らすと、ゆっくりと髪を背後に払った。

「ふ、ふ～ん？　そう？　だったらまあ……やりましょうか？　恋バナ」

その瞬間、有希の顔に「チョロッ」という心の声が聞こえてきそうな黒い笑みが浮かぶ。だが、一瞬だったこともあり、目を逸らしていたアリサは気付かなかった。

「それじゃあまずは……理想の男性像からいきましょうか。ちなみにわたくしの理想のタイプは、理解のある優しい男性です。綾乃は？」

「わたくしは……そうですね。グイグイ引っ張って行ってくれる男性が理想、でしょうか？」

「ああ、綾乃は自己主張が強い方じゃないものね……アーリャさんは？」

「常に自分を高める努力を怠らない、真面目で尊敬できる人」

「へぇ～」

アリサがこういう話題で即答をしたことに少なからず驚きつつ、有希はその答えに少し疑問を覚え、小首を傾げる。

「……それってつまり、自分と似た人がタイプってことですか？」

「まあ、そうね。価値観が同じって大事じゃない？」

「それはそうですけど……でも、アーリャさんの性格的にそういう人がいたら、いいライバルにはなれても、恋愛感情は湧かなそうで……」

「え？」

「いいえ、アーリャさんの場合、その男性と認め合って競い合うことはあれど、手を取り合うことはなさそうだなと……」

有希の指摘に、アリサは心底驚いた様子で目を見開き、ゆっくりと顎に手を当てた。そのまま数秒、真剣な表情で有希の言葉を吟味してから、深々と頷《うなず》く。

「……言われてみれば、たしかにそうかもしれないわ。そうなると……尊敬できるところはありながらも、適度に親しみやすい……そうね、対抗心が湧かない程度にはちょっと抜けたところ、が——」

と、そこまで言ったところでアリサは一瞬大きく目を見開き、パッと顔を上げた。そして、何かを誤魔化すように髪を払い、すまし顔をする。

「……ま、どうでもいいことね。それより、有希さんの好みの男性についてなんだけど……」

「はい？」

「それって、その、誰か具体的に想う人がいるの？」

髪をいじいじ、視線をチラッチラさせるアリサに、有希はその意図を察して内心「あぁ……」と思った。

（なるほど。あたしが恋のライバルになるかどうか気になるってことね）

有希の中で、アリサが政近に少なからず好意を抱いているというのは、もはや疑いようのない事実である。

そのことを踏まえて考えれば、アリサが本当に訊きたかった内容は、「あなたも政近君のことを好きなの？」ということなのだろう。ただでさえ、有希は以前アリサに向かって、政近のことを愛してると宣言した身。アリサとしてはこの機会に、その真意を確かめたい……と、そういうことだろう。

（ふむ……ここではっきりと『わたくしが政近君に向けるのは家族愛ですよ？』と、言うのは簡単だけど）

きっと、そう言えばアリサはほっとした表情を見せることだろう。それはそれで、有希としてはなかなかに面白そうだったが……

（でも、それだけじゃあつまらないよね？）

内心悪魔的な笑みを浮かべつつ、有希は思わせぶりに微笑んだ。

「さあ、どうでしょうね？」

「どうでしょうねって……そこを話すのが恋バナじゃないの？」

「えぇ～だって……恥ずかしいんですもの」

両手で頰《ほお》を押さえ、有希は照れくさそうに体をくねらせる。それを見るアリサの瞳に真剣な光が宿ったのを、有希は見逃さなかった。

（くふふ、誤解してる誤解してる。まあね～こういう態度取られたら、普通は『言いよどむってことはつまり……？』って思うよね～？）

まんまと誤解を誘えたことに、有希は内心ほくそ笑む。それもこれも、全てはアリサを翻弄して愉悦……否、愛する兄の恋路を手助けするため。恋を加速させるのは、いつだってライバルの存在なのだから。有希としては、兄とアリサの恋を進展させるため、自らライバル役を演じることにいささかの躊躇《ためら》いもなかった。

（くけけっ、もしアーリャさんがお兄ちゃんと付き合うことになったとして……その後になってあたしが実は妹だと知ったら、どんな顔をするかな？）

うん……やっぱり、ただ単純に愉《たの》しんでいるだけかもしれない。悪魔的を通り越して邪悪な笑みを内心で浮かべながら、有希は純粋を装ってアリサに水を向ける。

「じゃあ、アーリャさんが話してくれたら、わたくしも話しますよ？」

「え？」

「アーリャさんの恋バナ、聞きたいです」

「そんなこと言われても……私、男性を好きになったことがないもの」

「え、そうなんですか？」

アリサの回答に、有希は内心「どの口が言うとんねん」と思いながらも、目を丸くして口に手を当ててみせた。その心底意外そうな反応に、アリサは少し不服そうに唇を尖《とが》らせる。

「なによ……別にいいでしょ？　恋をしたことがなくたって」

「もちろん構いませんが……アーリャさんは人気がありますから、一度くらいはそういった経験がおありなのかと」

「ないわよ……そもそも、恋愛経験豊富な方がいいってわけじゃないでしょ？　なんだか世間一般では、恋愛経験がないと馬鹿にされる風潮があるけど……なんなのかしらね？あれ」

「う、う〜ん……まあ恋愛経験豊富ということは、それだけ女性的な魅力があるということにもなりますし……単純に、背伸びして優越感に浸りたいって人達が、周囲にマウント取ってるだけって話もありますけどね」

「私からしたら、自分の貞操観念のゆるさを公言してるようにしか見えないけど」

実際にマウントされた経験でもあるのか、憮然《ぶぜん》とした表情で鼻を鳴らすアリサ。およそ恋バナ自体に相応《ふさわ》しくないその発言に、有希は内心引き攣り笑いを浮かべた。

「えっと……もしかして、アーリャさんはあれですか？　結婚まで純潔は守るべし、といった考えなのでしょうか？」

「それはもちろん。恋バナって、そういうものでしょう？」

予想外にセクシャルな話題に、少し頰を染めながら視線を揺らすアリサだが……有希は、至極当然といった笑みを浮かべながら頷く。その曇りのない笑みに、アリサは戸惑いながらも思案する素振りを見せた。

「う、う〜ん……そこまでは言わないけれど、その、そういうことするのは、将来を誓い合った相手だけだとは、思うかしら？」

言ってて恥ずかしくなったのか、アリサは頰の赤みを増しながらもキッと視線を鋭くすると、語気を強めて続ける。

「別に、女の子だったら誰でもそれが理想でしょ？　初めて好きになった人と初めてお付き合いをして、そのまま結婚して一生を添い遂げるっていうのは！」

「ん……」

アリサのまくし立てるような主張に、有希は答えに窮する。いやまあたしかに、言ってることは分かるのだ。

初めて付き合った人と、お互い浮気なんてせずに順調に愛を育んで数年後に結婚し、ず〜っと幸せに暮らす……それは、少女漫画の超王道とも言える展開だ。だから、それが世の女子の理想を反映しているという主張も、分からないではない。だが……

（世の中、とにかくモテまくってイイ男にちやほやされるのが理想って女子もいれば、結婚は愛じゃなく金が重要って女子もたくさんいるわけで……むしろ、そんな純愛志向の女子は、最近ではかなり少数派では？）

現に、周囲にそういった主張をする女子が複数人いる身としては、ついアリサを見る目が優しくなってしまわざるを得ない。

「……なに？　その目は」

「あ、いえ……アーリャさんは、とっても少女漫画脳《ロマンチスト》で、お花畑《純情》なのだなと思いまして」

「……」

有希のどこか含みのある言葉に、アリサは内心「なんか馬鹿にされてる？」と眉をひそめる。だが、そこを突っ込むには、アリサはまだ有希に対して少し遠慮があった。これが政近相手だったら、アリサも容赦なく噛《か》みつくのだが。しかし、アリサの無言に有希も何かを察したらしい。取り繕うようにアリサから視線を外すと、隣の綾乃に話を振った。

「ふふっ、とっても素敵なお考えですね。綾乃もそう思わない？」

「！」

突然話を振られ、綾乃は大きく目を見開く。即座に主の質問に答えようとするも、口の中がちょうどドーナッツで埋まっている。そのまましゃべるなど、マナー的に論外。しかし、すぐに呑《の》み込もうとするも、ドーナッツがなかなか喉を通らない。水分が、水分が足りない。

「！　っ！」

水分を求め、サイドテーブルの上のコップに手を伸ばす綾乃。だが、その中に入っているのがオレンジジュースであると気付き、コップを持ち上げてすぐに動きを止めた。なぜなら、甘いドーナッツにオレンジジュースを合わせるという行為が、綾乃のこだわり的にアウトだったから。だが、自分のこだわりと主人を待たせているこの状況、どちらを優先するかと問われれば……っ！

「っ！　〜〜〜〜……プハッ、はい、そう思います」

「うん、なんかごめんなさいね？」

何やら鬼気迫る様子で口の中のものを流し込んだ綾乃に、有希は困ったように首を傾げる。

「いえ、有希様が謝罪されることは何もございません。そうですね。わたくしもアリサさんに全面的に同意いたします。一度心に決めた方に、自分の全てを捧《ささ》げる。それが理想ですね」

「……うん？」

綾乃の言葉に、有希は傾げた首を中途半端に引き戻した。なんだか、綾乃だけ恋バナじゃなく別の話をしているような……。しかしその疑問を解消する前に、アリサが綾乃の意見に飛びつく。

「やっぱりそうよね！　一生にただ一人、心に決めた相手に操を立てる。淑女たるものそうすべきよね！」

「そ……」

アリサの言葉に綾乃が口を開き……固まる。黒い瞳が斜め上を向き、くるーっと半周空をなぞる。そして、コテンと首を傾げた。

「？　綾乃さん？」

「いえ……その、一人にこだわる必要は、ないのではないかと……」

「え……」

綾乃の発言に、今度はアリサが固まる。完全に「裏切られた！」という顔をするアリサだったが、続く綾乃の言葉に、見開いた目を更にひん剝《む》くことになった。

「二人でも、別に構わないのではないかと……」

「ふ、二人？」

「この身はひとつですが、努力すればなんとかなるものです」

「しかも同時に!?」

アリサの脳内に、二人の男を左右に侍《はべ》らせて艶然と笑う綾乃の姿が浮かぶ。更には、自分自身の「同時に」という発言から、二人の男を同時に相手している綾乃の姿がイメージされ……その白皙《はくせき》がボンッと朱に染まった。そして、アリサはキッと視線を鋭くすると、脊髄反射的に声を上げる。

「だ、ダメよそんなの！　あ、や、本人達がそれでいいならいいのかもしれないけど……と、とにかく、学生の内からそんなインモラルなのはダメ！」

「？　インモラル、ですか？」

「だ、だって、二人同時に、なんて……！」

脳内で展開されるあは～んでいや～んな妄想に、アリサは言葉に詰まる。ちなみに、イメージが全体的にぼんやりしてるのは自主規制ではなく、単純にアリサが知識不足なためである。所詮、アリサのそっち方面の知識など、抱き合っている上半身しか描写されない少女漫画レベルのものであった。

（たぶん、こ～んな妄想してるんだろうなぁ～）

一方、そんなアリサを見て、有希は前後からあ～れ～されてる綾乃のイメージを思い浮かべる。こちらは細部までイメージバッチリである。むしろお前はもう少し自主規制しろって感じである。もちろん、有希は綾乃がそんな意味で言っているわけではないと気付いているが。気付いている、が……

（なんか面白そうだから、もう少し黙ってよ）

意地悪く沈黙を選ぶ有希の前で、二人のずれたやりとりはなおも続く。

「？　いえ、男性にこだわる必要はないのでは？」

「え!?　お、女の子でもいいの!?　そ、それって――」

「もちろん、アリサさんも含んでおりますよ？」

「え、えぇ～～!?」

声を裏返しながら、両腕で自分の体を抱いてズザザッとベッドの上に退避するアリサ。

それに、不思議そうに小首を傾げる綾乃。

(……うん。たぶん、もしアーリャさんがお兄ちゃんと結婚したら、アーリャさんにも献身を捧げますよって言いたいんだろうね……致命的に言葉足らずだけど)

思わず生温か～い目で綾乃を見てしまう有希だったが、綾乃は主人のそんな視線に気付いた様子もなく、ふと何かを思い付いたように瞬《まばた》きをする。

「そうですね……そうなると、いつかは四人同時ということにもなるでしょうか」

「よ、四人……!?　え、どうやるの？」

どうやら、理解を超え過ぎて純粋に興味が湧いてしまったらしい。アリサは赤面しながらも、眉間にしわを寄せてベッドの上で身を乗り出した。それに対し、綾乃はいつも通りの無表情で視線を巡らせる。

「……そう、ですね。流石に、お二人ずつ日替わりで、という形になるでしょうか」

「と、とっかえひっかえなの……!?」

「いえもちろん、仮に全員同居という形になるのでしたら、四人同時ということになりますけれど」

「同居……あ、愛の巣、ということ……？」

「そうなった際も、一切手を抜くようなことはいたしません。誠心誠意、ご奉仕させていただきます」

「ご奉仕、しちゃうのね……」

「はい。そういった場合の手ほどきも受けておりますので」

「て、手ほど……ふぷぁっ」

どうやら、そこで完全にキャパオーバーになったらしい。まるで茹《ゆ》で上がったように全身を赤くしたアリサは、魂の抜けるような声を出してポテンと倒れてしまった。

「！　アリサさん、大丈夫ですか？　一体何が……」

「ぷ、アハハハ……！」

ベッドの上で目を回すアリサに、無表情のままおろおろする綾乃。そのおかしな光景に、流石に有希も耐え切れなくなって笑い始める。そして、困惑した様子で瞳を揺らす綾乃に、目の端に浮かんだ涙を拭いながら言った。

「ふふふっ……アーリャさんは、少しお疲れみたいね？　ほら綾乃、未来のご主人様（仮）を、お世話してあげたら？」

「お世話、ですか……」

「そうよ。具体的には……」

……その後。

十分ほどして意識を取り戻したアリサは、ベッドで綾乃に膝枕されながら顔を扇《あお》がれているという状況に気付き……いろいろと勘違いして、変な悲鳴を上げるのだった。

第13話 政近とアーリャ

見渡す限り広がる田園風景を、電車が走っていく。生徒会合宿最終日の帰りの電車内は、静かな空気に満たされていた。

田舎であるということに午後三時過ぎという中途半端な時間も合わさってか、政近《まさちか》たち生徒会メンバーが乗る先頭車両に、他の乗客の姿はない。

そして、生徒会メンバーの間にも会話はなく、車内には電車が走るタタンタタンという音だけが響いていた。

やがて、電車の振動に眠気を誘われたのか、政近の右隣に座る有希《ゆき》がコテンと政近の肩に頭を預ける。そうして程なくして、その向こうの綾乃《あやの》もこっくりこっくりと舟を漕《こ》ぎ始めた。

(ま、みんな疲れてるだろうし、無理ないわな……)

自分自身も座席に深く体を預けながら、政近はそう考える。

昨夜はお祭りで結構夜更かしをして、今日の午前中は「これが最後」と海で思いっ切り遊び、お昼を食べた後は別荘の掃除と片付けをしての電車移動だ。疲労で寝落ちしてしまっても仕方がない。仕方がない、のだが……

（だが有希、お前は起きてるだろ）

自分に寄り掛かる妹の頭をじろりと見下ろし、政近は肘で軽く有希を押しのける。が、

「うぅ〜〜ん……」

政近が軽く腕を横に動かした瞬間、空いた隙間にするりと有希の左腕が侵入し、腕を搦《から》め捕《と》られた。

そして、有希はそのまま政近の右腕を抱くと、ご丁寧に頭の位置を調整して再度昼寝の体勢に入る。

（このヤロウ……）

なんとも図々《ずうずう》しくも大胆な狸《たぬき》寝入りを決める妹に、政近は頬《ほお》を引《ひ》き攣《つ》らせた。恐らく寝ようとしているのは確かなのだろうが、この狙い過ぎな寝方には明らかに悪意を感じる。

（こんな寝方、恋人同士でもない限りやらねーっての！　絶対アーリャに見せ付けるためにやってるだろ！）

内心そんな風に叫びながら、政近はチラリと左隣を見た。するとそこには、

「ちょっと、マーシャ」

「うぅん」

同じく姉に腕を搦め捕られ、寄り掛かられるアリサの姿があった。

まさか天然で有希と同じことをやる人間がいるとは思わず、政近は頬を引き攣らせなが

ら固まる。

「……ハァ」

間もなく、アリサが諦めたように溜息《ためいき》を吐き、抵抗をやめた。

そして、同じく有希に寄り掛かられている政近を見て一瞬眉を動かした後、微苦笑を浮かべる。

「まったく、困ったものだわ」

「は、はは……」

マリヤの方を視線で示しながらそう言うアリサに、政近はぎこちなく笑った。というのも、アリサの肩の上でもぞもぞと頭を動かすマリヤの姿に、昨日の朝の光景がフラッシュバックしてしまったのだ。

(う、うん、まあ寝ぼけてるマーシャさんは、いろいろとすごいよね……)

自分の上で優雅に四度寝を決め込んだマリヤを思い出し、政近は若干の後ろめたさから前を向く。

昨日、アリサから向けられる好意に気付いてしまった身としては、図らずもその姉と同衾《どうきん》してしまったという事実に、罪悪感を覚えずにはいられなかったのだ。

(いや、別に何も責められるようなことはしてないんだけど……)

内心誰にともなくそう言い訳をして、政近は不意に、アリサと二人っきりのような状況になってしまったことを自覚した。

並んで座っている五人の内、他三人が寝ている（ように見える）。これはもう、二人っきりと言っても過言ではないだろう。会長と副会長？　あの二人なら車両の一番前の、そこだけ進行方向に向いている二人掛けのシートで、正真正銘二人っきりの世界を作ってますがそれが何か？

（あ、あれ？　なんかこれ、ヤバくないか？）

じわじわと嫌な予感が背筋を這《は》いあがって来て、政近は頰を引き攣らせる。

昨夜は花火が終わった後、他のメンバーと合流して、キスの一件は伏せて「罰ゲームでちょっとアーリャのことを攫《さら》うことになった」ということだけを説明した。

それからは統也《とうや》や茅咲《ちさき》に冷やかされたり、有希にお淑《しと》やかに質問攻めにされたりで、二人っきりになる機会はなかった。

今日は今日でなんとなくお互いに顔を合わせづらく、あえて二人っきりにならないようにしていたので……なんだかんだであれ以来、アリサと二人っきりの状況になるのはこれが初めてだったのだ。

となれば、話題は自《おの》ずと……

「花火……綺麗《きれい》だったわね」

（そうなりますよね！）

予想されたジャブに、政近は胃がきゅっとなるのを感じる。

「ああ、うん。綺麗だったな」

明らかに身の入っていない政近の回答に、しかしアリサは何も言わない。それもそうだろう、だって本当に話したいのは花火のことではないのだから。

それは政近も分かっていたし、男としてそこから逃げるようなことはすべきではないとも思っている。

だが、今この場でだけはマズかった。

理由はただひとつ。

(有希《こいつ》、ぜってーまだ起きてるんですけど!)

ここに堂々と盗み聞きしている妹がいる以上、この話題はマズい。マズ過ぎる。間違っても、キスのことだけは絶対に話題に出してはいけない。絶対に……

「それで、えっと……」

(出そうだなぁ! 割と早めに!)

言葉に迷った様子で視線を揺らすアリサに、政近は内心絶叫する。

そして、一瞬で脳をフル回転させた末に、政近は全力で空気が読めない男になることにした。

「花火と言えば! ロシアでもお祭りの時は花火が上がるのか?」

「え? あぁ、まあ……そうね」

「へぇ〜、日本の花火となんか違ったりするのか?」

「う、うぅん、そこはあまり意識したことないけど……そんなに変わりはないんじゃないかしら？」

「そうなのか？　あ、じゃあ花火の名前ってどうなってるんだ？　日本では結構面白い名前を付けられているけど、ロシアもそうなのか？」

政近のトーク力が唸《うな》りを上げる。

元より、話術に関してはアリサよりも政近の方がはるかに上手だ。一度流れを摑《つか》んでしまえば、特定の話題を避けることなど容易《たやす》い。

「……ねぇ、何か誤魔化そうとしてない？」

が、流石に正面突破されては分が悪かった。眉根を寄せ、少し傷付いたように瞳を揺らしながらそんなことを言われてしまえば、政近としても黙るしかない。

「そんなに、あからさまに避けようとしなくてもいいじゃない。昨日のことは、お互いになかったことにしようっていうわけ――」

「いや、ごめん。ちょっといいか？」

「……なによ」

「うん、ちょっとごめん」

真剣な表情で左手を上げ、アリサの言葉を遮る政近。

そして、おもむろにポケットからスマホを取り出すと、スピーカー音量を上げて一本の動画を再生した。

『おいおい急にどうした？　オレのことを撮りたくなる気持ちは分かるが……どうせ撮る

なら、もう少しオシャレしてる時にしてくれないか？』

「!?」

スマホから流れ出す、貴様何様政近様の声。突然のネタ動画に目を見開くアリサを余所《よそ》に、政近はその他の三人の反応を窺《うかが》う。

そして、特に反応らしい反応がないことを確認してから、動画の再生を止めた。

「うん、寝てるな」

「ど、どうゆっ、確かめ方、よ」

満足げに頷《うなず》く政近に、頬をピクピクと動かしながら必死に笑いを堪えるという、非常に珍しい表情をしたアリサが問い掛ける。それに、政近はどこか達観した目で答えた。

「だってこんな動画、もしまだ起きてたら絶対反応するだろ？　お前もそんなんなってるし」

「じ、自分で言う？　というか、それまだ持ってたのね……」

生徒会メンバーに共有された動画は、「有希と催眠術を試してたらあんなことになってしまった」という事情を説明して削除してもらっていた。だからこそ、今の動画再生は完全な不意打ちになったわけだが……

「そう言うお前も、実はまだ持ってるんだろ？」

「そん、なわけないじゃない。ちゃんと消したわよ、失礼ね……」

ジト目で鎌を掛けると、アリサは不服そうにそう返す。が、その瞳が一瞬激しく揺れたのを、政近は見逃さなかった。

（やっぱりまだ持ってんのかよ……）

　黒歴史をゴリゴリと刺激され、メンタルに継続ダメージが入るのを感じながら、政近は話題を戻す。

「で、だ……ごめん。ちょっとまだ二人きりになれてる確信がなかったんで、あんなことを……いや、言い訳だな」

　そういった面があるのも確かだ。だが、本当のところは……向き合う勇気がなかったのだ。アリサの、恋心に。それに応える想いも、それを受け止める覚悟もなかったから。だから、誤魔化そうとしたというのは間違いではない。

「うん、ごめん。正直、その話題避けようとした。でも、なかったことにしようとしたわけじゃない。ただ……まだ、俺の気持ちの整理がついてなかったんだ」

　おふざけなしで真っ直ぐにアリサの目を見つめ、真摯な態度でそう告げると、アリサは少し動揺したように瞳を揺らし、前を向いた。

　そして、口の中でもにょもにょとしゃべる。

「別に、気持ちの整理とか……そんな大袈裟《おおげさ》なことしなくてもいいわよ。あれは、そう……祝福のキスみたいなやつだから」

「……祝福？」

「そうよ。昨日のあなたは……私とマーシャを楽しませるためにいろいろやってくれてたけど、ちょっとから回っちゃってたじゃない？　だからその、残念賞というか……上手《うま》くいかなかったけど、私は嬉《うれ》しかったわよって意味を込めたキスよ。分かる!?」

だんだん早口に、声のトーンも大きくしながらグッと顔を寄せてくるアリサ。

「え、あ、はい」

正直、分かるような分からないような感じだったが、勢いに押されて政近は頷いた。というか、ここで「分からない」と答えようものなら確実にへそを曲げられると思ったので、頷かざるを得なかったという感じだ。

「それは、俺もすごく報われるというか、うん。全然お釣りがくるね？」

押されるままにちょっと妙なことを口走ってしまい、政近は自分でも何を言っているのだと少し後悔する。

「……フンッ、当然よ」

そんな政近をじろりと睨《にら》み、アリサはプイッとそっぽを向いた。そして、チラッと目だけ政近の方に向けると、剣呑《けんのん》な声で続ける。

「言っておくけど、いつも誰にでもあんなことするわけじゃないから。昨日は、そういった状況に有希さんの命令とか花火のロマンチックな空気が重なった結果、ああいう形になっただけだから」

「分かってるよ、もちろん」

そう言って頷きながら、政近は内心「まあ、それが限界か」と思った。「〝誰にでも〟あんなことするわけじゃない」それが、アリサが言葉で示せる最大限の好意なのだろう。アリサの恋心に気付いてしまった政近としては、むしろ安心した。

（ま、単純に自覚してないのか、自覚した上で気付かないふりをしているのかは分からないけど……素直に認めたりはしないよな）

アリサが自分のどこに好意を抱いてくれたのかは分からないが、プライドの高いアリサのこと、こんなぐーたら人間を好きになったなんて、そうそう認められはしないだろう。

（正直俺としては、そっちの方がありがたいんだけど……）

まだ、アリサの恋心に向き合う準備が出来ていない。だからせめて、その準備が出来るまではアリサも……

【あなたにしか、しないから】

（……うん、デレるのは、ロシア語だけにして欲しいな～？）

これは果たしてからかってるだけなのか、それとも素直な感情の吐露なのか……判別は付かないが、まあ予定調和として訊《き》いてみる。

「なんだって？」

「『あなたにしかしない』って言ったのよ」

「お、ん？」

完全に予想外の返しに、政近は固まった。

凍り付く政近に、アリサは恥ずかしさを不服さで覆い隠したような表情で振り向く。そして、まるで文句でも言うかのような口調で言った。

「言ったでしょ？　誰にでもするわけじゃないって。なんか周りや雰囲気に流される女だと思われたら癪《しゃく》だから、はっきり言っておくけど……私はあなただから、まあ、頰《ほお》にキスくらいならしてあげてもいいかなって思ったのよ？」

「お、おお……光栄、だね？」

「これもはっきり言っておくけど、別に恋愛感情とかじゃないから。あなたのことはパ、パートナーとしてある程度信頼してるし、それなりに？　尊敬してるところもないことはないし？　何より、まあ一番仲がいい友達だと思ってるから……それだけだから！」

「う、うん。ありがとう？」

頰を赤く染め、政近の顔を睨《にら》むように見ながら一気に言い切ったアリサは、ぎこちなくお礼を言う政近に軽く鼻を鳴らして前に向き直る。

その、まるで喧嘩《けんか》を売るような不器用な好意の伝え方に、政近は思わず苦笑してしまった。なんだかあまりにも、アリサらしくて。

でも……だからこそ、しっかりと胸に届いた。

きっと今のが、アリサの紛れもない本音なのだろう。恐らくアリサは、まだ自分の淡い恋心に気付いていない。

けれど、自分なりに自分の心としっかりと向かい合って、そうして見付けた答えを伝えてくれたのだ。勇気を出して。精一杯の、誠実さを込めて。

(なんだこの可愛い生き物は。愛《いと》おしいわ)

耳の先を赤くしたまま、唇を尖《とが》らせてじっと前を向いているアリサに、自然とそんな感想が浮かんでしまう。そして、心の中でとはいえ、おバカな感想を抱いたことをすぐに反省した。

(ハァ……俺の悪い癖だな。すぐにふざけて、冗談めかして、本心をぼかそうとする)

それは、久世《くぜ》政近なりの自衛手段だ。母との愛を失い、あの子との恋を失い、誇れる自分すら失って、久世政近となった。そうして気付けば、誰とも正面から向き合うことが出来なくなっていた。ふざけ、茶化し、馬鹿を演じて、誰とも深く繋《つな》がらない。

深く繋がらなければ、失っても悲しまずに済む。

深く繋がらなければ……この久世政近という人間の、どうしようもない本性を知られずに済む。知られなければ、向き合わずに済む。この大嫌いな、自分自身とも。

(でも……今だけは)

今だけは、誤魔化さずに向き合わないといけない。

目の前の少女が示してくれた勇気と誠意に……せめて自分も、誠実でありたい。

「俺も……」

絞り出した声は、かすれて震えていた。自分の心に素直に、正直に好意を伝える。それだけのことが、こんなにも難しい。勝手に口角が上がり、笑みを作ろうとしてしまう。笑ってしまえと。いつものように茶化して誤魔化してしまえと、心の声がうるさい。

それに必死に蓋をして、なんとか言葉を紡ぐ。

「俺も……アーリャにだから、キスをしたいと思ったよ」

政近の言葉にアリサが振り向き、そのいつにない必死な表情に目を見張った。

「きっと他の相手だったら、俺はいつもみたいに冗談で誤魔化して、うやむやにしたと思う。だけど、お前が……アーリャが相手だったから。俺もキスを返したいと思ったんだ。まあ、流石に頬には無理だったし、どういうつもりでキスしたのかって言われると返答に困るんだけど……まあ、俺も多少雰囲気に流されたところはあったりした、かも？」

結局、なんだかグダグダで冗談めかした感じになってしまった。もう少し上手く話すつもりだったのに。いつもはよく回る口が、なんでこんな時に限ってから回るのか。

「……まったく、もう。何よそれ」

徐々に小さな声で伏し目がちになってしまった政近に、アリサも呆《あき》れた声を出す。それに、ますます俯《うつむ》きそうになってしまう政近の頬に……アリサの右手が添えられ、そっと前を向かされた。そうして政近の顔を真っ直ぐに見て、アリサが心の底から嬉《うれ》しそうに笑う。

「ふふふっ、政近君でも、そんな顔をするのね」

「……なんだよ。どんな顔だよ」

きっと、情けない顔をしているのだろう。そんな思いから、不貞腐《ふてくさ》れたような声が出てしまう。そしてすぐに、自分の子供っぽい反応にますます羞恥を覚えた。

「……っ」

無言で、少し視線を逸《そ》らす政近。それに対して、アリサは笑みに少し悪戯《いたずら》っぽいものを混ぜて答える。

「そうねぇ……なかなか、可愛い顔をしてるわよ？」

「っ！」

真正面からぶつけられた「可愛い」という評価。間近からこちらを見つめる小悪魔的な笑みに、政近の背筋に甘い痺《しび》れが走った。それを誤魔化すように、眉根を寄せて不服そうな顔を作る。

「……馬鹿にしてるよな？」

あえて不機嫌そうに言うも、アリサは全く動じない。

「そんなことないわよ？　それにしても、そう……なんで髪にしたのかしら～と思ってたけど、単純に、気後れしただけだったのね？」

（……いや、お前気付いてただろ。はっきり『意気地なし』って煽《あお》ってたし）

わざわざダメ押しのように確認してくるアリサに、政近は非難がましく口を開いた。

「あのなぁ、気後れするのは当然だろ？　髪だって、個人的にはどうなのかなって思ったのに……お前だって、罰ゲームで頬にキスされるとか、普通に嫌だろうが」

「さあ？」

片眉を上げてそう言うと、アリサは政近の頬から手を離し、自分の頬をトントンと指で叩《たた》いて、

А ТЫ попробуй!

その言葉に、政近は息が止まった。心臓すらも、一瞬鼓動を止めたように感じた。

「今、なんて言った？」

そんなお決まりのセリフを返すのすら、ぎこちなくなっていないか気になってしまう。表情に動揺が出ていないか、分析する余裕すら今の政近にはない。

「『どうかしらね？』って言ったのよ」

しかし幸い、アリサは特に気にした様子もなく、笑顔でいつも通り嘘を吐いた。そして、下ろした右腕をするりと政近の腕に絡めると、コテンと頭を肩に乗せてくる。

「お、う……」

怒涛《どとう》のような挑発の後に、あまりにも自然に体を預けられ、政近はビシッと体を硬直させた。完全に翻弄され切っている政近に気付いているのかいないのか、アリサはこれ見よがしに小さく欠伸《あくび》をする。

「ふぁ〜あ、私もなんだか眠くなってきちゃったわ……駅に着いたら起こしてくれる？」

「……つまり、俺は寝るなと？」

「あら、私にこんなに密着されて、眠れる自信があるの？」

「……流石にそこまでは図太くないかな」

その政近の言葉にくつくつと忍び笑いを漏らし、アリサは目を閉じた。実際政近は、さっきの言葉もあながち冗談ではないくらいには緊張していたのだが……とりあえずアリサの攻勢が終わったことを察し、一旦体の力を抜いた。

（ハァ……心臓に悪いわ）

前を向きながら、内心そう独《ひと》り言《ご》つ。いかんせん、普段が塩対応な分、ギャップがすごかった。きっと、本人的には半分以上からかっているだけなのだろうが……その奥にある恋心に気付いてしまうと、どこまで本気なのかがよく分からなくなってしまう。

（まったく、本人はどこまで分かってやってるのやら）

脱力した笑みで隣を見れば、そこにはアリサの安心し切った寝顔。いつも前面に出ている生真面目さと警戒心が消《き》え失《う》せた、その完全に気を許した表情に……政近の胸に、温かくも狂おしい感情が湧き上がってくる。

守りたい。大切にしたい。傷つけたくない。この感情は庇護《ひご》欲であり、愛おしさ……なのだろう。

（やっぱり……恋じゃないんだよなぁ）

かつてあの子に抱いていた感情とは違う……と、思う。もっとも、恋心という感情自体、今となってはよく思い出せないので定かなことは言えないが。あの子に捨てられた、あの日から――

（あれ？）

そこで、政近は自分の思考に疑問を抱いた。

（俺……あの子に捨てられたんだっけ？）

眉根を寄せて考えるも、記憶に掛かった濃い靄《もや》は晴れない。あの子の笑顔は、その靄の向こうに隠れたまま。やはり、思い出すことが出来ない。ただ……自分の中で、あの恋がまだ終わっていないことだけはよく分かった。

(なんだかんだ……ずっと、引きずってるんだよな)

忘れようとしても、忘れられない。ふとした瞬間に思い出してしまう。それはきっと、政近自身が心のどこかで忘れたくないと思っているから。未練がましくも、記憶の中のあの子に焦がれ続けているからだ。

【マサーチカ!】

今なお頭の中に響く、あの妙な呼び名。靄の向こうからこちらを呼ぶその天真爛漫《てんしんらんまん》な声に、胸が締め付けられるように苦しくなる。

「ん……」

しかしそこで、左隣から聞こえた微《かす》かな声が、政近を現実に引き戻した。瞬《まばた》きをする政近の左腕を、小さく身じろぎしたアリサがぎゅっと抱き直す。その優しく包み込まれるような感触に、政近はなんだか慰められたような気がした。

(……ちゃんと、終わらせないとな)

アリサの顔を見て、自然とそう決断する。こんな自分に恋をしてくれた目の前の少女に、きちんと向き合うために。あの子との初恋をきちんと終わらせ、彼女に囚《とら》われたままの恋心を返してもらう。そうすれば、きっと……

「……」

そこで、おもむろに有希がのそっと頭を上げた。そして、無言で振り向く兄の視線を華麗にスルーし、政近の左腕をしっかりと抱いて寝ているアリサをじっと見つめて、ふむと頷《うなず》く。

「なるほど、これが寝取られ」

「永眠《ね》さすぞてめぇ」

послесловие

あとがき

どうも、燦々SUN《サンサンサン》です。はい、そこのあなた。今、「え？　もうあとがき？　まだ十ページ以上あるじゃん」と思いましたね？　まだまだ続くと思って、昨夜「仕方ない、明日の朝電車かバスの中で読むか。もう遅いしな」と続きを読みたいのをぐっと我慢して寝たのに、どうしてくれるんだと。そう思ってますね？　寝ましょう。時間が空いたんなら少しでも寝ましょう。気付いているはずです。「もう遅いしな」と思っている時点で、少なからず寝不足になっているということに。あ、こら、スマホを取り出すんじゃありません！　SNS巡回しようとするな！　デイリーボーナス取得しようとするな！「今日更新された漫画は〜〜」じゃない！　スマホ見るくらいなら寝ろ！　あとがきを読めとは言わない！　こんなあとがき読んだってなんの役にも立ちゃしないんだから。いいから寝ろ！　寝過ごさないようアラームも忘れるな！　あと、隣の人には迷惑を掛けるな！　行儀良く寝ろ！　ま、私だったら迷わずスマホ見るけどな！

はい、開幕早々今回もクソあとがき感が強いです。実際過去イチでクソあとがきです。あ、今「寝不足覚悟で夜中にここまで辿《たど》り着いた俺は勝ち組」と思ったそこのあなた。あろなたはシンプルに早く寝ましょう。さっきも言いましたが、こんなあとがき読んだところで何も得ることはありません。本編の余韻に浸りながらさっさと寝ましょう。もしかしたらアーリャの夢を見られるかもしれません。ま、私は今までロシデレのキャラが夢に出て来てくれたことはないんですけども。あ〜夢の中でもいいから政近《まさちか》になりたい。有希《ゆき》でも可。

あ、今「残念でした。平日の昼間に読んでるもんね」と思ったそこのあなた。あなたも、午後からの仕事あるいは授業に向けて寝ましょう。ほんの十分寝るだけでだいぶ違います。残りの昼休憩であとがき読むくらいなら、少しでいいので寝ましょう。え？　昼休憩じゃない？　仕事も授業もない？　…………なるほど。夜勤の方であったか。これは失礼した。いや、夜勤だったらそもそもなんで起きてるの⁇

あ、「実は金曜日には発売していることを把握した上で、休日を利用して読んでいる俺こそが真の勝ち組」と思っているそこのあなたは、おめでとうございます。あなたが真の勝ち組です。一旦本を置いて、各々が思う勝利のポーズでしばし悦に入りましょう。その状態で十秒耐えられたら真の強者です。

…………

…………………

……あ、これは勝利のポーズを決めている皆さんを見守っている時間です。決して字数稼ぎではありません。真の勝ち組となれなかった皆さんも、一旦本を置き、目を閉じて真の勝ち組となった方々に思いを馳《は》せてみてください。誰のどんな姿が思い浮かびましたか？　ちなみに私は、今朝ニュースで見たお天気キャスターのおねえさんの姿が浮かびました。なんでや。

はい、いつだって頭の中が綺麗《きれい》な女性でいっぱいな私と違い、真面目な読者の皆さんは、きっと真の勝ち組となった方々の雄々しくも神々しい姿が脳裏に浮かんだことだと思います。そして、その姿に羨望を覚えたことでしょう。憧れは理想に近付くための第一歩です。憧れを抱けたのであれば、次はあなたの番です。次は、あなたが真の勝ち組となるのです。

そのためにやるべきことはただひとつ、ネットで店頭発売日に関する情報を集め、ロシデレの次巻を発売日当日に入手することです。すると、新刊の初動売り上げが好調になって、私と編集さんがニッコリします。そう、あなたが先程思い浮かべた真の勝ち組の姿とは、実は私あるいは編集さんの姿だったのです！　……フッ、何を言っているのか理解できない。そういう顔をしてますね？　私もしています。コイツはマジで何を言ってるんだ。信じられるか？　これ、お酒一滴も入ってないんだぜ？　怖くね？

っと、そうこうしている間に勝利のポーズを取っていた皆さんが戻ってきましたね。羞恥心に耐えかねていそいそと本に戻って来たところで、言わせてください。ありがとうございます。発売日に即購入して即読了とは。そこまで最新刊を楽しみにしていただけていたのなら、作者冥利に尽きます。

今、「発売後に即読まないなら愛が足りてないのか」と思ったそこのあなた。それは違います。愛の深さを測るのにいつ読んだかは関係ありません。本作に、あなたの貴重な時間を割いてもらっている。その時点で、十分に愛は伝わっております。え？　五分で速読した？　それは愛が足りてないのでもう一度最初から読み直してください……ってここに書いておいて、「分かりました。読み直します」ってなる時点で、ちゃんと内容把握してるってことですよね？　それだったら読み直さなくてもいいかもしれません。というか、その速読能力欲しいです。ください。

あ、そこのあとがきを先に読む派のあなた。見ての通り今回のあとがきはクソ長いです。そして薄々感付いてるでしょうが、中身もないです。特に本編のネタバレもないんでそこは安心と言えば安心ですが、こんなもん全部読む暇があったら素直に本編を読みましょう。それでもあとがきを先に読みたいという奇特な方は、もう止めません。忠告はしましたからね？　後になって「なんじゃこのあとがき！　時間の無駄だったわ！」って怒らないでくださいね？　あ、これは読者の皆さん全員に向けての言葉なんですけども。

あ、そこの、全体のページ数確かめるために巻末見たらなんか異常な量のあとがきがあってドン引いてるあなたは……たぶんここを読んでないだろうなぁ。普通に本編読んでからここを読むんだろうなぁ。あ、勢い余って最後の見開き挿絵を先に見ちゃったあなたはご愁傷様です。ちゃんと本を横から見て、挿絵の位置を確認してないからそういうことになるんですよ？　え？　確認してたけどあとがきが長過ぎて勢い余っちゃったんだって？　それは……ごめん。

私は、自分に非がある時は素直に頭を下げます。大人ですからね。逆に、自分に非がない時は意地でも頭を下げません。キッズですからね。いつまでも大人になり切れてない大人。きっとラノベ作家なんて、みんな大体そんなもんですよ。みんなキッズの心を捨てられてないんです。まあ、私が交流あるラノベ作家は二人しかいませんけど。一人は私よりもずっと大人で、もう一人は仏ですけど。……あれ？　キッズなの私だけか？　すみません、全国のラノベ作家の皆様。メンタルキッズなのは自分一人のくせして、皆様にあらぬ風評被害を与えるところでした。伏してお詫《わ》びいたします。全国の中高生の皆さんは、私みたいな半端な大人にならないようにしましょう。いや、本当に。

あ、そこの「あとがきめっちゃあるじゃん！　おいっしゃあ！　最高だぜ!!」と叫んでいる美しく麗しく素敵なあなたは……いない？　いないかな～？　お客様の中に、おいっしゃあ様はいらっしゃいませんか？　え、あ、いる？　え？　本編よりあとがきが多くて嬉《うれ》しい？　んん～～……なんて言えばいいのか分からないので、席にお戻りください。ね？　読んだところで何も得るものないでしょ？（真顔）　あ、そこの「いや長《な》げーわ。

飛ばしてももこ先生の巻末イラスト見ようっと」と思ったそこのあなたは正しいです。私だってそうする。で、次巻が発売されてから「あ、そう言えばまだ前巻のあとがき読んでなかったな……チッ、しゃーねーな。ちゃんと全部読まずに次行くのも気持ち悪いし、読んでやるか」ってなる。容易に想像できる。

あ、作者のＴｗｉｔｔｅｒを見て、事前にあとがきが長いことを知っていたそこのあなた。フォローありがとうございます。まだフォローしてないよという方は、是非フォローしてください。決して損はさせません。得もさせませんけど。

ふぅ……まあとりあえず、思い付く限りのパターンを列挙したところで、そろそろ真面目な話をしましょうか。皆さん、気になってると思います。そもそも、なんで今回こんなにあとがきが長いのかと。その理由は……まあシンプルです。原稿を完成させた数日後、編集さんに言われたんです。「今回本編でページがきっちり収まったので、燦々ＳＵＮ先生ともももこ先生のあとがきは無しって形になりそうです」と。続けて、「ページ数増やしてあとがき載せることも出来ますけど、その場合十六ページ追加ということになるので、巻末が広告だらけで少し格好悪くなるかもです」と。そこですかさず私は訊《き》きました。「ページを追加した場合、本の値段は変わりますか？」と。

そう、私は、真っ先に読者の懐事情を気にすることが出来る、気遣いの人なのです。たとえ数十円でも、ロシデレのメイン読者層である中高生の皆さんには貴重であるとよく分かっています。だからこそ、私は真っ先に本の値段を……嘘《うそ》です。「ただでさえ番外編なのに、値段まで高かったら買ってもらえなくなるかもな～」と思っただけです。百パーエゴです。真面目な話をしましょうって言って五百字も経《た》たない内にもうこの有様ですよヒドイな我ながら。

ええっと話進めますが、そうして値段問題を尋ねたところ「変わらないっぽいです」と。なんで変わらないのかそれはそれで疑問ですが、そういうことならページを足さない手はないよな、と思った次第です。ぶっちゃけ私のあとがきなんざどうでもいいんですが、ももこ先生の巻末イラストがなくなるのは世界の損失！　読者の皆様もガッカリしてしまうでしょう！　すみません！　また見栄《みえ》を張りました！　単純に私が見たかっただけです！　百パー私欲です！

はぁ、テンション上げ過ぎて疲れました。これでも私、普段は割とテンション低いんですよ。陰キャとまでは行きませんが、どちらかと言えば無愛想な部類だと思います。陽キャの極致みたいなペンネームしてますけども。普段の私は曇々DONになっていることの方が多いですね、実際。

また話がずれましたが、そういうわけでももこ先生の巻末イラストを見たいがために、十六ページ追加することになりました。そしたら編集さんに言われました。「十四ページ分、MAXで六千字くらいあとがき書けるよ！」と。……店舗特典SSが二本書ける文字数ですよどうかしてる。流石《さすが》に「それは無理♡」と断ろうとしたのですが、断る前に言われてしまいました。「そんなにあとがき書かれた作品見たことないので、もし書いたとしたら史上初かもですねｗ」と。じゃあ書くしかねぇよなぁ？

私も、巻末が広告だらけっていうのはどうかと思っていたんです。伝説になれるって言うなら（言ってない）書きますよ六千字。今の時点でもう四千字は書けてるんだから問題ない。どうだ、この長いあとがきに関する話題だけで半分以上消費してやったぜ。残りの話題どうしよう。

え？　気付かないフリするな？　話すべきことなんて決まってるだろって？　そこツッコみますか……いえ、もちろん分かってますよ？　そもそもなんでこのタイミングで番外編なのかって話ですよね？　四巻であんなに気になるとこで終わっといて、その続きを出さないで番外編挿《はさ》むとか正気かって話ですよね？　分かってますよ……じゃあ言わせてもらいますけどね！　どうしたってイベント盛り沢山な夏休みの話を、一巻に収めるなんて無理な話なんですよ！　そもそも一巻から三巻の作中時間が大体一カ月ちょっとなんですよ？　それと同じくらいある夏休みの話を、たったの一巻で終わらせられるわけないじゃないですか！　私の文章の長ったらしさ舐《な》めんな！　むしろ、次巻でちゃんと二学期に入ることを褒めて欲しいくらいですよ。つまり何が言いたいかと言うと、私が悪かったです。すみませんでした。次巻もそう間を置かずにお届け出来るようにするので許してください。

私は、自分に非がある時は素直に(以下略)。フッ、六千字も書かなければならないというこの状況下でも、以下略で余計な字数は省く我が生真面目さよ……と自分に酔いしれて、少しでも字数を稼いでみる。

そもそも、ここまであんまり考えずにダーッと書き散らしてる時点で真面目じゃないっていうのは明らかなんですが。あとがきって頭を空っぽにして、本編の内容には触れないように書くものだと思ってます。またなんか話ずれましたが、この巻に関してここでひとつ、重要なことを言っておきます。

番外編となっている今巻ですが、ぶっちゃけ読まなくても五巻以降を読む上で支障はありません。

五巻以降、この巻を読んでいなければ分からない内容は存在しないです。読んでいると四巻の内容が深く分かるっていうのと、あと本編に先んじて登場しているキャラとかも何人かいるので、彼らが五巻以降に登場した時にニヤリと出来るくらいです。え？　それを先に言え？　だったら買わなかったのにって？　そう言う人がいると分かっていたから、私はあえてあとがきのこんな目立たないところで言ったんですよ。ええ、汚い大人ですよ、私は。子供の頃はキレイだったのかと問われれば首を傾《かし》げますけども。

……う～む、今回は流石にちょっと駄文が過ぎるぞ？　こんなもの、天下の角川から出版していいのか？　これならまだ広告の方がマシだった感が……って言ってても仕方ないので、そろそろ本格的に真面目な話をしたいと思います。今度こそ本当です。こっから先は謝辞なので、流石の私も真面目にやります。あんまり言うとまたネタっぽくなるので、このくらいにしておきますが。

まず、この本の帯にも書いてありますように、いよいよロシデレもコミカライズをしていただけることになりました。担当の漫画家さんは手名町紗帆《てなまちさほ》先生です。これからよろしくお願いいたします。見てください帯のアーリャの美しさ。超売れっ子イラストレーターと言われても普通に信じてしまいそうな、素晴らしいイラストですよね。この圧倒的な画力でロシデレをコミカライズしていただけるとのことで、引き受けてくださった手名町先生と引き合わせてくださった編集さんには感謝しかないです。それに、手名町先生は単純な絵の美しさだけでなく、感情表現も卓越しておられます。ラブコメのコミカルな部分はもちろん、青春のシリアスな部分の表現力も素晴らしいのです。これには、若者の苦悩する姿を肴《さかな》にワインを楽しんじゃう系老害ラスボスキャラである私も、今から政近の苦悩に合うワインを選定し始めてしまいます。私お酒苦手ですけど。

その上、手名町先生はお人柄も素晴らしいのです。なんとコミカライズ担当が決定した際に、私に直筆の手紙を送ってくださいました。しかも、アーリャの描きおろしイラスト付きで。まさか漫画家さんからあいさつの手紙を頂けるとは思いもしなかったので、非常に感動しました。その節はありがとうございました。頂いた手紙はアクリルフレームに入れて飾ってあります。家宝です。

そんなわけで、手名町先生によるコミカライズには、私自身期待しかないです。噂《うわさ》に聞くネーム作業なるものが開始されるのが、今から楽しみです。間違いなく素晴らしいコミカライズになると思うので、皆さんも今からマガポケをインストールしておいてください。今「あれ？　マガポケってことは講談社なの？」と思ったそこの鋭いあなた。世の中にはね？　気付かない方がいいことがあるんだヨ？　……って言うほど、なんか裏事情があるわけじゃないんですけどね。話すと長くなってめんどくゲフンゲフン、話が複雑になるので、詳しくは語りません。

さてさて続いて、今回も素晴らしいイラストレーターお二人に、ゲストイラストを描いていただきました。

お一人目は、黒兎《くろと》ゆう先生。Ｔｗｉｔｔｅｒで見かけた、先生がイラストを担当された某作品の表紙があまりに素晴らしくて、私から編集さんにオファーをさせていただきました。あまり私発信でゲストイラストを依頼することはないので、オファーを受けていただけてとても嬉しかったです。そして、描いていただいた水着アーリャの素晴らしさよ……なんですかあの圧倒的な透明感。水も日差しも美しくって、真夏の妖精感がすごい。それに、目がね……いいんですよ。あのツンデレ感に溢《あふ》れつつも、どこか妖艶な眼差しが。更にはローアングルから描写される魅、惑、の、ボディーライン!!　犯罪的な腰のくびれ！　肉感的なふともも！　ありがとうございます！　実際のイラストを見たことがないという人は、どっかの店舗特典でグッズ化されていると思うので探してみてください。そして買ってください。重複した本に関しては、保存用か布教用に回せば実質タダです。この暴論で納得するのは限界オタクだけです。

続いてお二人目は……なんと、和遥《かずはる》キナ先生です。ありがとうございます。本当にありがとうございます。夢がひとつ叶《かな》いました。

和遥キナ先生は、私がオタクとなってから初めて好きになったイラストレーターさんです。それまでイラストレーターと言えばいとうのいぢ先生しか知らなかった私が、初めて自分から名前を調べたイラストレーターさんです。画集を買ったのも、カレンダーを買ったのも、サイン本を買ったのも、先生が初めてでした。なろうの短編総合ランキングで一位を獲《と》った某作品が先生のイラストで書籍化した際には、「マジかよ。これがなろう短編ドリームか……！」と一短編書きとして戦慄したものです。しかし、先生にゲストイラストを描いていただけた今、私こそがなろう短編ドリームです。ここ、スルーしてもらって大丈夫です。

そんな和遥キナ先生に描いていただいたのは、もちろんアーリヤ……ではなく有希です。和遥キナ先生と言えば黒髪ヒロインですからね。いくらアーリャがメインヒロインとはいえ、先生に銀髪ヒロインをお願いするような愚は犯しません。そうして描いていただいたゲストイラストの美しさ！　このまま清涼飲料水の広告に使えそうな、圧倒的な健全さと爽やかさ！　風になびく黒髪！　美し過ぎる！　和遥キナ先生の黒髪は世界一ィィィ━━━━!!

……って叫んでたら、もうとっくに六千字超えてるな？　六千字どころか、七千字超えてるな？　これなら姑息《こそく》な字数稼ぎする必要なかった。まあ、編集さんが出す目安ってある程度余裕を見てるはずなので、千字ちょっとくらいオーバーしても入るでしょう。入らなかったらあの謎の待ち時間を削ればいいんだ……って、え？　校正紙の形にしたら十三ページに収まっちゃった？　一ページ余ったんで、一枚だけ広告入る？

……いぃっよっしゃぁぁ━━━!!　延長戦じゃぁぁぁ━━━━!!　今から七百文字くらい追記して、広告入る余地を無くしたるわ━━い!!　七百文字って言ったら少なく聞こえるけど、一般的な見開きあとがきの謝辞抜いた分とほとんど変わらないってヤバいですよね！　校正紙が出来上がってる段階でそれだけの追記。まったく、編集さんに対する迷惑も考えろってんだ！　本当にごめんなさい。編集さんの心の広さに感謝感激です。

さぁて、延長戦か……何を書こう。う～ん、編集さんにわがまま言っておいて、このまま駄文を続けるってのも……仕方ない。少～しくらい本編の内容に関連する、実のある話をしますか。

今回作中で登場した三種のロシア料理、ペリメニ、ヴァレーヌィク、ソリャンカの見た目と味に関しては、作者が実際にロシア料理店で食べたものを参考にしています。驚くことにソリャンカはマジでピザ味でしたし、予想に違わずペリメニはまんま水餃子《すいギョーザ》でしたね。それと、ヴァレーヌィクとペリメニは中身が違うだけで、料理としてはあまり変わらない感じでした。まあ、同じお店で食べてるんだから当然かもしれませんが。

あと、チキンの煮凝《にこご》りなるものも食べてみたのですが……うん、あれはなっかなかにすっごかったです。震えました。綾乃《あやの》じゃないですけど。興味がある人は、話のネタにどこかで食べてみるのもありだと思います。人によってかなり好き嫌いが分かれるようなので、食べる際は複数人で行くことをお勧めします。自分がどうしても食べ切れないってなった時に、気に入ったという人にスッと押し付けられるように、ね。経験者からのアドバイスです。

うん……追記部分が一番あとがきらしいってどういうこっちゃ？　というか、最終的にあとがき八千二百文字？　普通に本編もう一話追加しろよマジで。

まあ……やってしまったものは仕方ないですよね。それでは最後に。今回も、原稿が鈍足進行でご迷惑をお掛けしました編集の宮川《みやかわ》様。御多忙の中、今回も本当に素晴らしいイラストを多数描いてくださったイラストレーターのもも こ先生。表紙のマーシャと描きおろしのバニーアーリャとサキュバスアーリャには魂が震えましたし、オタク沙也《さや》加とイケメン政近には思わず吹き出しました。最高でした。そして、本作の製作に関わった全ての方々と本作を手に取ってくださった読者の皆様に、鼻から漏れるほどの感謝をお送りします。ありがとうございました！　また五巻でお会い出来ることを願っております。それでは。

『ろしでれ』
よろしくおねがいします！
momo

時々《ときどき》ボソッとロシア語《ご》でデレる隣《となり》のアーリャさん4.5
Summer Stories《サマーストーリーズ》

著　燦々SUN《サンサンサン》

角川スニーカー文庫　23272

2022年8月1日　初版発行
2024年11月5日　15版発行

発行者　山下直久

発　行　株式会社KADOKAWA
〒102-8177 東京都千代田区富士見2-13-3
電話　0570-002-301（ナビダイヤル）

印刷所　株式会社KADOKAWA
製本所　株式会社KADOKAWA

Printed in Japan　ISBN 978-4-04-112780-3　C0193

★ご意見、ご感想をお送りください★
〒102-8177 東京都千代田区富士見 2-13-3
株式会社KADOKAWA　角川スニーカー文庫編集部気付
「燦々SUN」先生「ももこ」先生

角川文庫発刊に際して

角川源義

第二次世界大戦の敗北は、軍事力の敗北であった以上に、私たちの若い文化力の敗退であった。私たちの文化が戦争に対して如何に無力であり、単なるあだ花に過ぎなかったかを、私たちは身を以て体験し痛感した。西洋近代文化の摂取にとって、明治以後八十年の歳月は決して短かすぎたとは言えない。にもかかわらず、近代文化の伝統を確立し、自由な批判と柔軟な良識に富む文化層として自らを形成することに私たちは失敗して来た。そしてこれは、各層への文化の普及滲透を任務とする出版人の責任でもあった。

一九四五年以来、私たちは再び振出しに戻り、第一歩から踏み出すことを余儀なくされた。これは大きな不幸ではあるが、反面、これまでの混沌・未熟・歪曲の中にあった我が国の文化に秩序と確たる基礎を齎らすためには絶好の機会でもある。角川書店は、このような祖国の文化的危機にあたり、微力をも顧みず再建の礎石たるべき抱負と決意とをもって出発したが、ここに創立以来の念願を果すべく角川文庫を発刊する。これまで刊行されたあらゆる全集叢書文庫類の長所と短所とを検討し、古今東西の不朽の典籍を、良心的編集のもとに、廉価に、そして書架にふさわしい美本として、多くのひとびとに提供しようとする。しかし私たちは徒らに百科全書的な知識のジレッタントを作ることを目的とせず、あくまで祖国の文化に秩序と再建への道を示し、この文庫を角川書店の栄ある事業として、今後永久に継続発展せしめ、学芸と教養との殿堂として大成せんことを期したい。多くの読書子の愛情ある忠言と支持とによって、この希望と抱負とを完遂せしめられんことを願う。

一九四九年五月三日